命に代えても

あっぱれ毬谷慎十郎㈡

坂岡 真

時代小説文庫

角川春樹事務所

目次

老女霧島《きりしま》　9
富春《フースアン》の伽羅《キャラ》　126
命に代えても　215
解説　平井真実　339

不忍池
卍
浅草寺
丹波道場
（池之端無縁坂下）
弁天堂
⑤
吾妻橋
⛩
湯島天神
⑧⑦
蔵前
神田川
⛩神田明神
筋違御門
⑩
昌平橋
柳橋
回向院
卍
⑪★
③④★
⑫
田安御門
両国橋
江戸城
新大橋
日本橋
大川（隅田川）
龍野藩上屋敷
（和田倉門外）
桜田御門
京橋
深川
②★
⛩
鉄炮洲稲荷
虎之御門
築地
龍野藩下屋敷
（芝口）
明石橋
卍増上寺

毬谷慎十郎 道場破りの道

❶**長沼道場**（虎ノ門・江戸見坂）
直心影流

❷**士学館**（京橋・蜊河岸）★
鏡心明智流

❸**直井道場**（神田・お玉ヶ池）
柳剛流

❹**玄武館**（神田・お玉ヶ池）★
北辰一刀流。館長・千葉周作。

❺**井上道場**（下谷・車坂）
直心影流

❻**池田道場**（牛込・筑土八幡）
無敵流

❼**伊庭道場**（上野・御徒町）
心形刀流

❽**中西道場**（下谷・練塀小路）
中西派一刀流

❾**鈴木道場**（麹町・六番町）
無念流

❿**鵜殿道場**（神田・駿河台）
小野派一刀流

⓫**練兵館**（九段下・俎板橋）★
神道無念流。館長・斎藤弥九郎。

⓬**男谷道場**（本所・亀沢町）
直心影流総帥・男谷精一郎信友がいる。

★……江戸三大道場

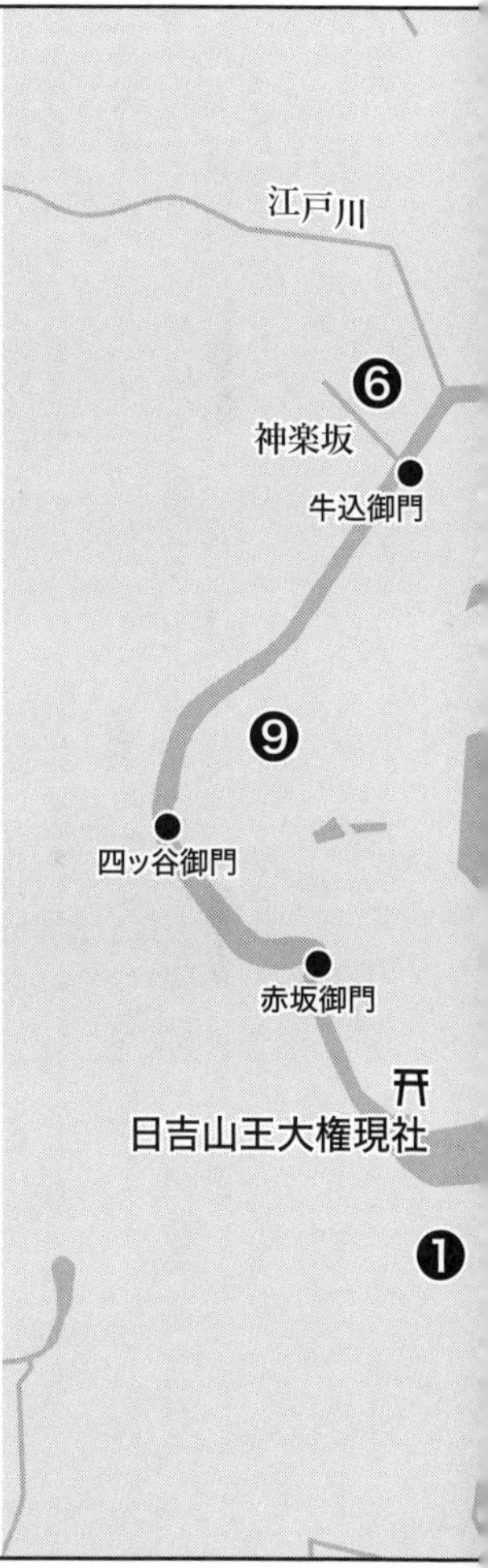

主な登場人物紹介

❖毬谷慎十郎《まりや・しんじゅうろう》
父に勘当され、播州龍野藩を飛び出し江戸へ出てきて道場破りを繰り返す。若さ溢れながらも剛毅で飾り気がなく、虎のような猛々しさを持つ男。

❖咲《さき》
双親を幼い頃に亡くし、祖父に育てられた。負けん気が強く、剣に長けている。神道無念流の館長・斎藤弥九郎に頼まれ出稽古に出るほどの腕前を持つ。

❖丹波一徹《たんば・いってつ》
丹波道場の主。かつて御三家の剣術指南役を務めたほどの剣客で、孫娘の咲に剣を教えた。今は隠居生活を送っている。

❖脇坂中務大輔安董《わきさか・なかつかさたいふ・やすただ》
幕政を与る江戸城本丸老中。播州龍野藩の藩主であり、世情の不安を取りのぞくべく陰で動いている。

❖赤松豪右衛門《あかまつ・ごうえもん》
龍野藩江戸家老。藩主安董の命を受け、慎十郎を陰の刺客として働かせようとしている。

❖静乃《しずの》
豪右衛門の孫娘。慎十郎に想いを寄せるが、彼の粗暴さゆえに祖父に反対され気持ちを閉ざした。

❖石動友之進《いするぎ・とものしん》
横目付。足軽の家に生まれながらも剣の技倆を認められ、江戸家老直属の用人に抜擢された。慎十郎とは、幼い頃より毬谷道場でしのぎを削った仲である。

命に代えても

あっぱれ毬谷慎十郎〈二〉

本書は、二〇一一年三月に刊行された
『命に代えても　あっぱれ毬谷慎十郎２』（角川文庫）
を底本とし、一部を加筆・修正しました。

老女霧島《きりしま》

一

天保《てんぽう》九年（一八三八）弥生《やよい》、江戸城西ノ丸。

この半年ほど毎月十日の夜になると、西ノ丸の大奥を取りしきる老女霧島《きりしま》の様子は落ちつきのないものに変わった。

湯殿からあがったときに発する台詞《せりふ》もきまっている。

「櫃《ひつ》は着いておるのかや」

相《あい》の間《ま》の女中たちに熟れた乳房を拭《ふ》かせながら、呪文《じゆもん》のように同じ台詞を繰りかえすのだ。

「櫃は着いておるのかや」

紅潮した面は艶《つや》めき、吐息は熱を帯びていた。

多聞《たもん》のおるいは霧島に仕えて三年になるので、外から運ばれてくる櫃の中味を知っている。目にしたことはないが、噂《うわさ》に聞いていたのだ。

大奥の法度《はっと》とも言うべき御殿女中心得には「拾貫目《じっかんめ》より重く不審なりし長持、櫃、葛籠《つづら》のたぐいは蓋《ふた》を開け通すべく候事」とあるにもかかわらず、拾貫目を優に超える櫃が七つ口を易々《やすやす》と通りぬけてくる。

それもこれも、霧島が大御所家斉《おおごしょいえなり》の正室である茂姫《しげひめ》付きの御年寄《おとしより》として重用されているからだ。

重用どころか、中奥《なかおく》の老中首座にも匹敵する御年寄御用掛《ごようがかり》として、権勢をほしいままにしている。無論、格でいえば本丸大奥のほうが上位にあるものの、そちらを牛耳る上臈《じょうろう》御年寄の姉小路《あねがこうじ》などにとっても、霧島はまことに煙たい存在だった。

櫃の中味について、部屋方たちはみてみぬふりをし、噂話をするのも憚《はばか》られた。実際に中味を目にした者などいないのに、部屋方の誰もが知っているというのも妙なはなしだが、口外すればどのような仕置きが下されるやもしれない。

ことに、おるいのような市井の娘は、宿下がりの際などに余計な噂を口外せぬよう、部屋頭《がしら》の村瀬《むらせ》から厳しく申しつけられていた。

弥生は下働きの女中たちが実家へ帰ることの許される月なので、いつもより人手が足りずに忙しい。それでも、お仕着せの綿を抜く月替わりまで我慢すれば、おるいは過酷な大奥奉公から解放される。

「あと少し」

歯を食いしばって水桶《みずおけ》を担ぎながら「あと少し、あと少し」と、そればかりを繰りかえしていた。

池之端《いけのはた》で『鳩香堂《きゅうこうどう》』という香木商を営む養父に「どんなに辛《つら》いことがあっても三年は辛抱してくれ」と口説かれ、ご奉公にあがった。小町娘として評判が立ち、錦絵《にしきえ》にも描かれたことがきっかけとなり、見目《みめ》麗しく才気《さいき》煥発《かんぱつ》な町娘を探していた旗本の奥方から声が掛かったのだ。

大奥奉公は町娘たちの夢、十四のおるいも花見の時季などで目にする艶《あで》やかな扮装《いでたち》の御殿女中たちに憧《あこが》れを抱いていた。華やかな外見とはうらはらに、与えられる役目はけっして易しいものではないと聞いてはいたが、大奥に三年も奉公すれば箔《はく》がつく。嫁入り先は引く手あまた、将来は保証されたも同然だ。

本人の夢が叶《かな》うだけではない。養父が一代で築きあげた鳩香堂にとっても、店の名を世に知らしめるにはこれ以上ないほどありがたいはなしだ。あわよくば大奥との繋《つな》がりを保ち、御献上品のお墨付きを頂戴《ちょうだい》したい。養父には、そうした野心があった。

初登城からの歳月が、十年にも感じられる。

老女の身のまわりの世話をする相の間ならまだしも、水汲《みずく》みや掃除洗濯などの雑用をこなさねばならぬ多聞の仕事はきつい。だが、後々のことを考えれば音をあげるわけにもいかず、おるいは歯を食いしばって耐えてきた。

ここまで耐えられたのは、血を分けた兄に褒めてもらいたいとおもったからだ。大奥奉公をまっとうし、まっさきに逢《あ》いたいのは養父母ではなく、幼いころに双親《ふたおや》を失ってから苦労して育ててくれた兄だった。鳩香堂に貰《もら》われてからは、兄のほうが遠慮して逢えなくなってしまったが、こうして大奥奉公ができるのも兄のおかげなのだ。

ともあれ、一日も早く大奥から逃れたいと、おるいはおもっていた。

老女霧島の暮らす部屋は長局《ながつぼね》一ノ側《かわ》の一角、部屋数は六つで全部で七十畳はあろうかという広さだった。湯殿と勝手も完備され、霧島に仕える部屋方は別棟の二ノ側に住みこんでいる。建物は金網ですっぽり覆われ、逃げようにも逃げられない。大奥女中は「籠《かご》の鳥」と呼ばれる所以《ゆえん》だ。

客座敷へと通じる入側《いりかわ》の天井には、霧島が代参などで使う鋲打《びょうう》ちの駕籠《かご》が吊《つ》りさがっている。

ほかの老女もみな、同じように吊《つる》しているらしい。

そう聞いてはいたが、おるいはほかの部屋を覗《のぞ》いたこともなかった。

霧島が外出するときは、お祭り騒ぎになる。

御末《おすえ》と呼ばれる屈強な女中たちが別の大部屋からあらわれ、吊した駕籠を下ろして担ぎあげるのだ。

入側の隣部屋は床の間もない六畳間で、大きな櫃はその片隅に置かれていた。

誰が運びこんだのかもわからず、以前から同じところにあったように置いてある。

おるいは古参の女中から「月が出たら入ってはいけない」と注意されていたにもかかわらず、三角の塵箱《じんこ》を集めるべく手燭《てしょく》を掲げ、うっかり入側に踏みこんでしまった。

気づいたときは後の祭り、櫃の蓋が音もなく開いて男の顔が覗いた。

「あっ」

おるいは声を失い、栗鼠《りす》のように立ちつくす。

男のほうも驚いたのか、口をぽかんと開けたままだ。

蒼々《あおあお》と剃《そ》った月代頭《さかやき》に薄化粧、薄い唇《くち》もとがやけに紅《あか》い。

錦絵でみたことがあった。

当代人気の歌舞伎役者、浦田《うらた》甚五《じんご》郎《ろう》にほかならない。

「しっ」

甚五郎は唇もとに人差し指をあて、櫃のなかに消えていく。

まるで、見世物小屋のろくろ首をみているようだ。あるいは『伽羅先代萩《めいぼくせんだいはぎ》』という奥女中物に登場する妖術使《ようじゅつ》いが、せり穴に消えていったかのようだった。

おるいは動悸《どうき》の高鳴る胸を押さえ、その場から立ちさりかけた。

と、そこへ。

沈香《じんこう》の匂いを撒《ま》きちらしながら、部屋の主人がやってきた。

「霧島さまだ」

おるいは手燭を吹きけし、さっと物陰に隠れる。

霧島は右手に手燭を持ち、衣擦《きぬず》れとともにすがたをあらわした。

洗い髪を束ねずに肩におろしたままなので、いつもとはずいぶん印象がちがう。

「ふふ、うふふ」

笑っていた。

何やら恐ろしい。

眦《まなじり》は吊りあがり、真っ赤な口は耳まで裂けている。

おるいの目には、そうみえた。

夫を寝取られて嫉妬《しっと》に狂う鉄輪《かなわ》の女にも似ており、あまりに恐ろしくてまともにみることもできない。

霧島は手燭を掲げて櫃を照らし、呻《うめ》くように喋《しゃべ》った。

「甚五郎よ、わらわを裏切っておきながら、よくもぬけぬけと忍んでこられたな。わらわが知らぬとでもおもうたか。おまえ、よりにもよって、本丸大奥の姉小路にも夜《よ》這《ば》いをかけておるそうではないか。大奥でふた股《また》はならぬとあれほど約束したに、さては金に目がくらんだか」

霧島は恨みがましいことばを並べ、手にした金槌《かなづち》で櫃の蓋に釘《くぎ》を打ちつけていく。

――とんとん、とんとん。

おるいは耳をふさいだ。

釘打ちが済むと、霧島は左手に高々と瓢《ひさご》を掲げ、櫃に何かを浴びせかける。

「おほほ、わらわを裏切った罰じゃ」

浴びせたものが菜種油だと気づき、おるいは叫ばぬように口を押さえた。

「ほほほ、劫火《ごうか》に焼かれてしまえ」

物狂いの仕打ちとしか言いようがない。

霧島は躊躇《ちゅうちょ》もせず、ふわっと手燭を抛《ほう》った。

やにわに、櫃は紅蓮《ぐれん》の炎に包まれた。

おるいは膝《ひざ》を抱え、ぶるぶる震えている。

唐突に霧島の気配が近づき、額に息が掛かった。

「ふん、兎め、こんなところで何をしておる」

おるいは顔もあげられず、両手で耳をふさいだ。

「ほほほ、ほほほ」

霧島は胸を反らして笑い狂い、その場から滑るように去っていく。

手にはなぜか、白い鳩《はと》をぶらさげていた。

血痕《けっこん》が床に点々とつづいていく。

生きながらに毟《むし》られた羽が、廊下に舞いあがっていた。

突如、櫃の蓋《ふた》が内から破られ、黒焦げの役者が立ちあがった。

「ひぇっ」

燻《いぶ》された肉体は焼かれながら蛸《たこ》のように躍り、床にくずおれていく。

おるいは、金縛りにあったように動くこともできない。

熱波とともに、火の粉が頭に降りかかってきた。

遠くのほうから、女中たちの悲鳴が聞こえてくる。

「ひゃあああ」

断末魔のようでもあった。
おるいは我に返り、這うように逃げだす。
気づいてみれば、あたりは火の海だ。
壁も天井も、ぼうぼうと燃えている。
芋虫のように這いつくばり、どうにか湯殿にたどりついた。
湯船には水が溜《た》まっている。
ぼうっと、背中で炎が吼《ほ》えた。
おるいは着物を脱ぎ捨て、湯船のなかに飛びこんだ。

二

半月後。
江戸の八重桜も見頃を過ぎるころ、魚河岸《うおがし》には鱚《きす》や平目や甘鯛《あまだい》や海老《えび》などの近海物がごっそり荷揚げされてくる。なかでも江戸一、いや、日の本一の賑《にぎ》わいを誇り、早朝の数刻だけで一千両の金が落ちるとも言われる日本橋の魚河岸は、未《いま》だ明け初めぬ刻限から活況を呈していた。

「買った買った、安いよ安いよ」

河岸にずらりと並んだ狭い店先で、請下《うけした》と呼ばれる仲買人たちが声を張っている。請下は魚問屋に雇われており、魚問屋が漁師から樽《たる》ごと買った魚を小分けにして売りさばく。金満家で鳴らす日本橋の魚問屋は百二十軒を数え、請下は五百人を優に超えていた。買い手の魚屋や棒手振《ぼてふ》りたちはさらに多く、いずれも鵜《う》の目鷹《たか》の目で活《い》きのよい魚を選び、一文でも安く買おうとする。

喧嘩《けんか》にも似た往来の賑わいを尻目《しりめ》に、川沿いの桟橋には足の速い押送船《おしおくりぶね》がつぎつぎに横付けされてくる。吹きつける潮風をものともせずに、河岸人足たちは桟橋や往来を忙《せわ》しなく行きかっていた。

そうした人足たちのなかで、際立ってからだの大きな若者がひとりあった。

腹掛け一枚に隠された筋骨隆々としたからだつきは仁王のようで、それだけでも充分に目を惹《ひ》くのだが、驚いたことに仕事が済めば腰に二刀を帯びる侍らしかった。侍が矜持《きょうじ》を捨て、日銭を稼いでいるのだ。

「あれが毬谷慎十郎《まりやしんじゅうろう》さ。ふた月めえに播州《ばんしゅう》の田舎から出てきた食い詰め者だってよ」

「親方に大小を預けて樽運びたあ、ご苦労なこったぜ」

「侍もああなったら、仕舞《しめ》えだな」

ひと癖もふた癖もある河岸の連中は当初、胡乱《うろん》な眼差《まなざ》しを向けていた。にもかかわらず、日を追うごとに慎十郎の評判は鰻登《うなぎのぼ》りにあがり、五日経った今では尊敬の念に変わっている。なにしろ、働きぶりは真面目《まじめ》そのもの、じつにてきぱきとしていて小気味よく、持って生まれた親しみやすい性分ですっかり河岸に馴染《なじ》んでいるのだ。

棒手振り一の働き者として知られる度胸太助《どきようたすけ》の目でみても、慎十郎の働きぶりは舌を巻くほどのものだった。

押送船で運びこまれる魚は、舟板のうえで元気に跳ねている。人足たちは樽や桶に魚を移しかえて運び、競り場や請下のもとへ届ける。たいていは、ふたり掛かりで重い樽や桶を担ぐのだが、慎十郎はひとりで何でもやってのけた。

魚は鮮度が命、力自慢で敏捷《びんしよう》な河岸人足は重宝される。慎十郎は荷運びに関《かか》わる一刻《いつとき》（約二時間）ばかりのあいだ、わずかも休もうとしない。汗みずくになって働きつづけ、辛《つら》そうな顔ひとつみせず、楽しげに鼻歌などを歌いながら易々と仕事をこなす。

やがて、奇妙な闖入者《ちんにゆうしや》の呼び名は「若僧」から「慎さん」に変わり、誰からも好かれる人気者になった。

河岸の連中はいったん信じると、相手をとことん好きになる。

鯔背《いなせ》を気取った太助なども、そうした江戸河岸のひとりだ。

「慎さんは、冬の日だまりみてえなおひとだ」

そばにいるだけで、からだじゅうがぽかぽか温《ぬく》んでくる。

そう感じているのは、何も太助にかぎったことではない。

慎十郎のはなしをすると、誰の顔からも笑みがこぼれた。

「酒を呑《の》ませたら、おもったとおりの蟒蛇《うわばみ》さあ。とんでもねえ大声で嗤《わら》った途端、顎《あご》をはずしちまった」

はずれた顎をいとも簡単にはめてみせ、何食わぬ顔でまた酒を呑みつづけるのだと、人足頭《がしら》は自慢げに教えてくれた。

「六尺豊かな偉丈夫で、大立者《おおだてもの》の成田屋《なりたや》が演《や》る助六《すけろく》と見紛《みまご》うばかりの面立ち、年はまだ二十歳とくりゃ、娘っこにもてねえはずはねえ。だろ」

ところが、肝心の慎十郎は異性にからきし弱かった。

「粋筋《いきすじ》の年増なんぞに色目を使われた日にゃ、顔から火が出たようになる。へへ、うぶな野郎なのさ」

一膳飯屋《いちぜんめしや》の親爺《おやじ》も、楽しそうに笑っていた。

なにせ田舎侍ゆえ、江戸の常識が少しもわかっちゃいない。大きなからだを持てあましながら、八文字眉《まゆ》でおろおろしてみせる様子が、年増たちにはたまらないらしい。

河岸の小町娘と評判の一膳飯屋の娘も、どうやら、ほの字のようだった。

太助は悋気《りんき》を抱いたが、相手が慎十郎なら仕方ない。

「格がちがいすぎて、勝負にならねえものな」

海千山千の置屋の女将《おかみ》も、恥ずかしそうに微笑《ほほえ》んだ。

「慎さんをみていると、どうにも放《ほう》っておけなくなるんだよ」

度胸太助は自慢の足を飛ばして神田川《かんだがわ》を越え、池之端のさきまで魚を売りにいく。

盤台を天秤棒《てんびんぼう》で担いで露地から露地を走りまわっていると、おもわぬところで慎十郎の噂を耳にした。

とある剣術道場で、門人たちが囁《ささや》いていたのだ。

「毬谷は強い。口惜《くや》しいが、剣客番付にも載るほどの腕前だ」

慎十郎には、類《たぐ》い希《まれ》なる剣士という別の顔があった。

それとなく聞いてみると、どの道場でも「毬谷慎十郎」という名を知らない門人はいない。

何でも江戸に出てきて早々、十指に余る道場を荒らしまわり、並みいる剣客たちを打ちのめしたらしかった。神田お玉ヶ池《たまがいけ》の玄武館《げんぶかん》でも、下谷練塀小路《したやねりべいこうじ》の中西《なかにし》道場でも、九段下《くだんした》俎板橋《まないたばし》の練兵館《れんぺいかん》でも、無頼の強さをみせつけた慎十郎の噂を聞いた。

玄武館では北辰一刀流《ほくしんいっとうりゅう》四天王のひとりと言われる森要蔵《もりようぞう》を打ちまかし、中西道場では「音無しの剣」で世に知られる高柳又四郎《たかやなぎまたしろう》と互角にわたりあったというのだ。

「ところがどっこい、練兵館でおなご相手に不覚をとった」

――咲《さき》。

という女剣士のことを、太助はよく知っていた。

池之端は無縁坂《むえんざか》下、いつも閑古鳥が鳴いている丹波《たんば》道場の娘だ。道場主の一徹《いってつ》が老齢を理由に隠居し、ずいぶん以前から門人はとっていない。初物好きの一徹に「おうい、初鰹《はつがつお》はないか」と呼びとめられたのが縁で、二年ほどまえから立ちよるようになった。

咲は孫娘で歳《とし》は十六だが、ずいぶん大人びてみえる。

双親も兄弟姉妹もおらず、一徹の手で厳しく剣術を仕込まれたのだという。

今や、その剣名を知らぬ者とてなく、数多《あまた》の道場から一手指南の要請がひきもきらないと聞いた。色白で愛らしい面立ちとはうらはらに、曲がったことの嫌いな気丈な性分の娘でもある。

「へへ」

太助は、おもいだすたびに微笑んだ。

「あの娘、しっかりしてるようにみえて、どこか抜けてやがる」

剣の達人だというのに、魚をさばくのが下手なのだ。

「庖丁《ほうちょう》さばきがなっちゃいねえ」

料理をつくるのは不得手だし、掃除や洗濯や裁縫も好きではないらしい。

本人から直《じか》に嘆かれたのだから、まちがいのないはなしだ。一から十まできっちりしていないところが、何とも微笑ましかった。

ともあれ、慎十郎は咲と闘い、竹刀《しない》の柄頭《つかがしら》で鼻っ柱を砕かれた。

練兵館の門人によれば、咲は勝敗の決する寸前、牛若のように跳躍したという。上段の一撃を見舞うとみせかけ、竹刀と竹刀が十字にぶつかった瞬間、双手《もろて》で握った柄を振り子のように振ったのだ。

もちろん、太助は「柄砕《つかくだ》き」なる変わり技を知らない。

ただ、鼻の骨とともに矜持を砕かれた慎十郎の気持ちは痛いほどわかる。

常人ならば自暴自棄になり、志なかばにして道を外れていたところだろう。

しかしながら、負けてからさきが慎十郎の常人とちがうところだった。咲の住む丹波道場に押しかけ、執拗《しつよう》に入門を懇願し、何度となく拒まれたにもかかわらず、道場の雑巾《ぞうきん》掛けやら厠《かわや》の掃除やらを勝手にやりつづけ、どうにか、馬小屋を借りて寝起きするようになったのだ。

太助はそうした経緯を知るにつけ、いっそう、慎十郎のことが好きになった。たとい相手がおなごであっても、敗れた相手の門を敲《たた》いて素直に教えを請う。慎十郎の潔さは、度胸太助が常日頃から心の芯《しん》に据えている俠気《おとこぎ》にも通じる。ほんとうならば、自分の耳で聞いたはなしの数々を、まわりの仲間たちにも語ってきかせたかった。毬谷慎十郎がいかにすばらしい人物かを夜を徹して教えたかったが、太助はぐっと怺《こら》えた。

咲に負けたことで、心に深い傷を負ったはずだ。

「傷口に塩を擦りこむようなまねだけは、ぜったいにしちゃならねえ」

度胸自慢、俠気自慢の棒手振りはそんなふうに考え、さまざまな道場で聞いた噂話は誰にも口外していない。

さいわい、河岸の連中は慎十郎が凄腕《すごうで》の剣士であることを知らないようだった。仲間内では「力自慢の疲れ知らず、気の好い慎さん」で通っている。

「ふん、それでいいってことさ」

江戸湾に昇る朝陽《あさひ》を背にしつつ、太助は喧噪《けんそう》のなかに慎十郎のすがたを探した。

度胸太助のおもいをよそに、慎十郎はせっせと汗水垂らして働いている。

一刻稼いで手にできる手間賃もありがたいが、何よりも自分の力で稼ぐことに新鮮な喜びを感じていた。

三

「河岸の賑わいは最高だな」

空気がぴったり肌に合う。

それに、飯の心配がいらない。

顔も売れてきたので、銭が足りなくても誰かしら飯を食わしてくれる。

飢えて野垂れ死にすることもない。路銀が尽きて何日も食うや食わずの旅をつづけ、飢え死にしかけた経験もあるだけに、飯の心配をしなくてよいことが何よりもありがたかった。

荒々しくも逞《たくま》しい河岸の暮らしに、慎十郎はすっかり溶けこんでいる。

だが、毎日が楽しいことばかりではない。

河岸は活況を呈しているものの、一歩裏にまわれば食えない連中が蠢《うごめ》いている。全国津々浦々にひろまった飢饉《ききん》は六年目を迎え、米や物の不足は深刻だった。江戸の外では老人や女子どもの多くが死んでいる。稼ぎを求めて城下町へやってきた連中のなかには暴徒と化し、打ち毀《こわ》しや火付けや夜盗になりさがる者も後を絶たない。これを取りしまる捕り方も殺気立っており、そこらじゅうでいざこざが絶えず、人々の心は荒廃の一途をたどっていた。

そうしたなか、江戸城内で火の不始末があり、西ノ丸が丸ごと焼けた。銅瓦《どうがわら》を葺《ふ》いた御殿はことごとく焼けおち、大勢の御殿女中が焼けだされ、死人や怪《け》我人《がにん》も出た城内は地獄絵図になりかわった。とんでもない惨事にもかかわらず、市井の人々は毛ほども同情をしめさず、紅蓮の炎に夜空が紅く染まる光景を行楽気分で眺めていたという。

切ないはなしだと、慎十郎はおもった。

表向きは明るく振るまいながらも、胸の底には世の中への漠とした怒りを燻《くすぶ》らせている。

今朝も早くから樽運びをしていると、賑やかな往来から役人らしき者たちの怒声が聞こえてきた。

「御用だ。盗人《ぬすっと》め、ただではおかぬ」

すわっ、捕り物か。

慎十郎は駆けだした。

表の往来にまわってみれば、顔見知りの仲買人が地べたに土下座しており、鼠《ねずみ》色の仕着せを纏《まと》った男たちに囲まれている。

「くそっ、活鯛《いきだい》屋敷の手付けどもだ」

人足仲間が顔をしかめ、口々に悪態を吐《つ》いた。

目付きの鋭い男たちは破落戸《ごろつき》のようにしかみえないが、歴《れっき》とした小役人にほかならない。

十手の代わりに、手鉤《てかぎ》を握っていた。

納屋《なや》役人ともいう。

日本橋南詰の活鯛屋敷に詰めており、毎朝魚河岸へやってきては、大きくて形のいい魚だけを「御用」と発して手鉤で引っかけ、ただ同然でごっそり奪っていく。

そうした連中が跋扈《ばっこ》しているのは、慎十郎も知っていた。

「けっ、ろくなもんじゃねえや」

隣の人足は聞こえよがしに吐きすて、振りかえった役人どもに睨《にら》みつけられる。

嫌われ者の納屋役人に奪われた魚は、一等の魚が公方《くぼう》に供され、二等は大奥に暮らす身分の高い女官たちの口にはいる。三等からは本丸の老中以下役高に応じて中食用《ちゅうじき》に下げわたされるが、ほとんどは腐って捨てられる運命にあった。

「侍《さむれ》えはいいよな。ろくに働きもしねえくせに、上等な魚を口にできる。ふん、やってらんねえぜ」

河岸人足がいくら愚痴を吐いても、納屋役人の怒りはおさまりそうにない。

仲買人の親爺に、何かとんでもない粗相でもあったのだろうか。

痩《や》せた親爺は手鉤の把手《とって》で背中を打ちすえられ、這いつくばって泣きながら謝っている。

「……どうか、ご勘弁を。そんなつもりじゃなかったんです」

「つもりもへったくれもない。ご献上の甘鯛を掠《かす》めとったであろう」

「お許しください。なにとぞ、お許しを……お役人さま」

粗末な着物を纏った女房と娘も、隣で懸命に土下座を繰りかえす。

親爺は今朝一番とおもわれる上等な甘鯛を競り落とした。もちろん、今朝一番かどうかなど、誰にもわからない。親爺には何ひとつ落ち度がないのに、役人たちの面前で堂々と競り落とした態度が癇《かん》に障ったらしい。

誰が聞いても理不尽なはなしだが、河岸の連中は遠巻きに眺めるだけで、手出しも口出しもできない。

「触らぬ神に祟《たた》り無し」

余計なことに首を突っこめば、とばっちりを受ける。それがわかっているので、口惜しさを呑《の》みこみ、じっと嵐が過ぎるのを待つしかないのだ。

「許せぬ」

慎十郎は吐きすて、大股《おおまた》で歩きだした。

「あ、待て。慎さん、やめたほうがいい」

仲間に止められても、ずんずん歩いていく。

その様子を、太助は人垣からみていた。

「ほうら、鬼が来たぞ」

慎十郎がとった行動は、太助の期待を軽々と超えた。

「おい、おぬしら」

納屋役人たちは呼びつけられ、一斉に振りむく。

「何だ、てめえは」

頭らしき男が、声を荒らげた。

慎十郎は歩みを止めず、役人の鼻先までのっそり近づく。

「喝……っ」

鋭く気合いを発するや、役人はどんと尻餅《しりもち》をついた。

「この野郎、何しやがる」

身構える残りの連中に向かって、慎十郎はぎょろ目を剝《む》いた。

「盗人はおぬしらのほうだ」

「何だと。お上《かみ》にたてつく気か」

「うるさい。虎《とら》の威を借る盗人どもめ、とっとと去れ。去らぬと痛い目に遭うぞ」

慎十郎はひとりから手鉤を奪い、膝のうえでへし折ってみせた。

納屋役人どもは気迫に呑まれ、及び腰で口をもごつかせる。

「二度と面を出すな」

齟齬な連中が口に出せないことを、慎十郎は大声で言ってのけた。

まさに、雷鳴が轟《とどろ》いたかのようだ。

役人どもは恐れをなし、すごすごと退散するしかない。

突如、鈴生《すずな》りの人垣から、歓声があがった。

「うわああ」

太助も我を忘れて喝采しつづけたが、もちろん、このまま済むとは誰もおもっていない。

案の定、四半刻（約三十分）も経たぬうちに、町奉行所の捕り方が雪崩《なだ》れこんできた。

四

納屋役人もふくめれば、捕り方の数は五十を超えている。

「不届き者は何処《どこ》におる」

居丈高に発するのは、塗りの陣笠《じんがさ》をかぶった与力《よりき》だ。

「榎戸左内《えのきどさない》、推参」

瓜実顔《うりざねがお》の男は、芝居がかった仕種《しぐさ》で大見得を切った。

人垣がふたつに割れ、慎十郎がすがたをあらわす。

「ここにおる。逃げも隠れもしない」

まるで、檜《ひのき》舞台に登場した歌舞伎役者でも観《み》ているようだ。

野次馬どものみならず、捕り方たちも息を呑む。

我に返った榎戸が、声をひっくり返した。

「ん、おぬしか。納屋役人を愚弄《ぐろう》した不届き者とは」

「愚弄したおぼえはない」

「神妙にいたせ。名は」

「毬谷慎十郎」

「生まれは」

「播州龍野《たつの》」

「龍野か。ふん、どうりで醬油《しょうゆ》臭いとおもうたわ」

「それは、侮辱か」

静かに問われて榎戸は、皮肉っぽい笑みを浮かべた。

「侮辱だとしたら、何とする」

公衆の面前で侍を侮辱した罪は重いと、慎十郎は当然のように考える。

「それ相応の報いを受けてもらわずばなるまい」

「ふほっ、大口を叩きおって。あとで吠《ほ》え面《づら》を掻《か》くなよ」

「それはこっちの台詞だ」

慎十郎は不敵な笑みを浮かべ、腰に帯びた大刀に手をかけた。

陣笠の榎戸も、腰を落として身構える。

「おぬし、抗《あらが》うのか」

「早まるな」

慎十郎は大小を鞘《さや》ごと抜きとり、棒手振りの太助を呼びよせた。

「おい、太助。すまぬが、預かってくれ」

「へい、合点で」

太助は恭《うやうや》しく刀を押しいただき、感激の面持ちで頰《ほお》を紅潮させる。

ふん、と榎戸は鼻を鳴らした。

「ただの間抜けではなさそうだな。よし、縛《ばく》につけ」

「そうはいかぬ」

慎十郎は首を振り、凜然《りんぜん》と吐きすてた。

「刀を使う気はないが、易々と捕まる気もない」

「何だと」

「捕まえたくばやってみろ。ほれ、木《こ》っ端《ぱ》役人め」

煽《あお》ってやると、榎戸はこめかみをひくつかせた。

「ぬう、調子に乗りおって。者ども、あやつを引っ捕らえよ」

「おう」

威勢のよい掛け声とともに、仰々しい扮装《いでたち》の連中が走りだす。

「それ、掛かれい」

まずは五人ほどが束になり、四方から躍りかかってきた。

すぐさま、岩盤に流水が当たったように弾《はじ》かれてしまう。

「ぬおっ」

慎十郎が獅子吼《ししく》した。

見物人の期待するとおりだ。

千両役者の大立ちまわりを観ているようで、太助の胸も躍りだす。

かぶりつきに占める連中は我を忘れ、おもわず声を掛けた。

「慎さん、やっちまえ」

鈴生りの見物人からも、声援と野次が飛びかう。

そこは判官贔屓《ほうがんびいき》の江戸者ばかり、捕り方を声援する声はひとつもない。

「引っこめ、木っ端役人ども、味噌汁《みそしる》で顔を洗って出直してきやがれ」

榎戸は鉄砲玉のように野次を浴び、益々いきりたった。

「公儀の沽券《こけん》にかけても、毬谷某を召し捕るのじゃ」

陣笠をかたむけ、声をかぎりに煽りたてたものの、手下どもは寄ると触ると投げとばされ、まるで、大人と子どもの喧嘩をみているようだった。

突棒《つくぼう》、刺股《さすまた》、袖搦《そでがら》みといった三つ道具も役に立たず、頑丈な梯子《はしご》すらもふたつに折られる始末、当初は甘く考えていた榎戸も次第に焦りを募らせ、仕舞いには蒼白《そうはく》な顔でみずから腰の刀を抜きはなった。

「ええい、退《の》け退け。この榎戸左内が成敗してくりょう」

少しは剣術をやるらしい。そのことが、かえって不幸を呼んだ。

榎戸は及び腰の手下どもを押しのけ、慎十郎の正面に進みでる。

「そこまでじゃ、不届き者め」

「ほほう、丸腰の相手に白刃を向けるとはな。江戸の役人もたいしたことはない」

慎十郎は呵々《かか》と嗤い、色気さえ漂う横顔を群衆に晒《さら》してみせる。

見物人のなかには町娘も混じっており、黄色い声援が飛んだ。

「慎さん、日本一」

「死なないで」

一方、罵声《ばせい》を浴びる榎戸のほうはおさまらない。

口をへの字に曲げ、右八相《はっそう》の構えで躙《にじ》りよってくる。

顔に余裕がなかった。もし、ここで刀を納める度量があれば、恥の上塗りは避けられたかもしれない。

「やたっ」

前のめりに踏みこむや、榎戸は袈裟懸《けさが》けを狙《ねら》った。

慎十郎は避《よ》けもせず、迫りくる白刃に左手を翳《かざ》す。

「うわっ」

見物人たちは目を覆う。

手首を斬《き》りおとされた。と、誰もがおもった瞬間、慎十郎の左手は蛇のような動きをみせた。

くいっと鎌首をもたげ、軽く白刃をかわす。

そのまま、黒糸菱《ひしま》巻きの柄に絡みつき、相手の手首を摑《つか》んで捻《ひね》りあげる。

「ぬへっ」

榎戸のからだは宙に浮き、一回転して地に落ちた。

固い地面に背中を打ちつけ、息を詰まらせる。

慎十郎は屈《かが》みこみ、白刃を拾いあげた。

見物人も捕り方も、ごくっと唾《つば》を呑む。

「ま、待て……ど、どうする気だ」

狼狽《ろうばい》する榎戸の鼻面へ、白刃が突きだされた。

慎十郎は睨みを利かせ、静かに発してみせる。

「謝ってもらおう」

「え」

「醬油臭いと言ったろう。それは過ちでした、心の底からお詫《わ》びしたいと言うなら、許さぬでもない」

白刃がきらりと光り、榎戸は顎を震わせた。

唇もとを動かしたが、何と言ったかわからない。

「聞こえぬぞ。さあ、土下座しろ」

榎戸はがっくり頭を垂れ、地べたに両手をついた。

「す、すまぬ。このとおりじゃ。拙者の言い過ぎであった」

明確な謝罪が得られたにもかかわらず、慎十郎は眼光を炯々《けいけい》とさせた。

「許す」

ひとこと吐きすて、片手で握った白刃を突きだす。

「ひぇっ」

仰《の》けぞった榎戸の黒鞘に、白刃がぴたりと納まった。

冴《さ》えた鍔《つば》鳴りが響いた途端、しんと静まった魚河岸に万雷の喝采が沸きおこった。

「あはは、やったぞ、やった」

太助も我を忘れ、歓声をあげている。

喝采のなか、慎十郎はざっと両膝をついた。

ふたたび周囲は静まり、数多の眸子《まなこ》が一点を注視する。

捕り方を手玉にとってやりこめた傑物の口から、意外な台詞が飛びだした。

「誰か、縄を打て」

「げっ、慎さん、そりゃねえだろう」

太助の叫びも、慎十郎には届かない。

「この身を白洲《しらす》に引きだせ。お奉行の面前にて白黒つけてくれよう」

納屋役人の無謀を正面切って訴えてやるのだと、慎十郎は息巻いてみせる。

無謀だと誰もがおもいつつも、心の片隅では快哉《かいさい》を叫んでいた。

おう、やってやれ。江戸の治安を司《つかさど》る町奉行のまえで、言いたいことをぶちまけてやれ。

もちろん、それが命懸けの行為であることは承知している。

慎十郎の潔い態度に河岸の連中は心を動かされ、涙を流す者さえあった。

捕り方にしたところで、縄を打とうとする野暮な者はいない。

「詮方《せんかた》あるまい」

慎十郎は荒縄を持たせ、歯を使ってみずからの両手を縛りつけた。

「さあ、連れていけ」

立ちあがることもできない榎戸に向かって、毅然《きぜん》と言いはなつ。

「この身を連れていけば、おぬしが面目を失うこともあるまい。ほれ、どうした。ぐずぐずするな」

どうにか立ちあがった与力からも、棘々《とげとげ》しい気持ちはうせていた。

敬意の籠《こ》もった目で慎十郎を見上げ、何度もうなずいてみせる。

「とんでもねえおひとだぜ」

役人の胆《きも》まで奪っちまったと、太助はおもった。

五

和田倉《わだくら》門外、龍野藩上屋敷。

ゆるやかな風が吹くと、中庭から葉擦れの音が聞こえてくる。

ときおり、鳥たちの囀《さえず》りが静けさを破り、はっとさせられた。

「眠いのう。春眠あかつきをおぼえずとは、よう言うたものよ」

脇坂中務大輔安董《わきさかなかつかさたいふやすただ》は、喧噪《けんそう》とは無縁のところにいる。

脇息にもたれ、うたた寝をしはじめた。

先祖は豊臣秀吉《とよとみひでよし》麾下《きか》の猛将、世に「賤ヶ岳《しずがたけ》の七本槍《やり》」のひとりとして知られる脇坂甚内安治《じんないやすはる》である。脈々と受けつがれた剛毅《ごうき》さと反骨魂、そして類い希なる清廉さが将軍家斉に気に入られ、安董は二十四歳の若さで寺社奉行に抜擢《ばってき》された。色坊主と大奥女中の淫行《いんこう》を摘発した谷中延命院《やなかえんめいいん》の仕置きでは、悪名高い住職の日道を獄門台に送り、大奥にも厳正なる処分を下した。

二十二年もの長きにわたって寺社奉行を務め、いちど身を退《ひ》いてからも十六年後に再度登用された。昨秋からは外様《とざま》で初めて本丸老中に昇進し、次期将軍と目される家《いえ》祥《さち》の後見役をも任されている。

在位五十年におよんだ家斉に代わり、昨年からは不惑を過ぎた家慶《いえよし》が新将軍となった。傅育《ふいく》すべき家祥は齢十五、生まれつき病弱ゆえに気苦労は多い。百姓一揆《ひゃくしょういっき》や打ち毀しが頻発する世情不安のなか、安董は幕閣としての重責のみならず、播州龍野藩五万一千石の領主として藩政の舵取《かじと》りもしなければならない。

肩肘《かたひじ》を張ってみても、できぬことはできぬし、無理なものは無理じゃ。

もはや、古希を過ぎた。歳には勝てぬし、持病の癪《しゃく》も辛《つら》い。

夢のなかで溜息《ためいき》を吐いていると、登城を促す太鼓の音色が響いてきた。

——どん、どん、どん。

焼失したはずの西ノ丸太鼓櫓《たいこやぐら》からだ。

もちろん、響いてくるはずはないのだが、安董は浅い夢のなかで網代駕籠《あじろかご》に揺られていた。

「殿、駆けますぞ」

簾《すだれ》の狭間《はざま》から、江戸家老の赤松豪右衛門《あかまつごうえもん》が囁《ささや》きかけてくる。

齢《よわい》七十の老《お》い耄《ぼ》れとはおもえない。麻裃《あさがみしも》の下には重い鎖帷子《くさりかたびら》を着込み、柄の太い管《くだ》槍《やり》をたばさんでいる。袴《はかま》の裾《すそ》をたくしあげて帯に挟み、二十余名からなる精鋭の先陣を切って、網代駕籠ともども和田倉門まで駆けようというのだ。

死ぬぞ。やめておけと言いかけ、安董は口を噤《つぐ》んだ。

豪右衛門は龍野藩きっての一徹者、やめろと言ったところで聞く耳を持たぬ。

網代駕籠は滑るように駆けはじめた。

駆け駕籠じゃ。

毎度のことだ。

百姓の駕籠訴を避けるべく、老中の駕籠は朝に夕に大路を駆けぬける。

いつものような揺れはなく、尻も痛くない。

和田倉門までの半町（約五十五メートル）足らずの道程が、なぜか、途轍《とてつ》もなく長いものに感じられた。

「殿、黒天狗《くろてんぐ》どもが襲うてきましたぞ」

豪右衛門は叫び、管槍をぶんぶん振りまわす。

「おのれ、世を騒がす悪党どもめ」

どうやら、剣戟《けんげき》がはじまったらしい。

安董は駕籠のなかで聞き耳を立て、簾の狭間から外を覗いた。

「黒天狗め」

食い詰めた弱き者たちを煽動《せんどう》し、夜な夜な商家の蔵を荒らしまわる不届き者の一団、黒天狗と名乗る群盗の首魁《しゅかい》は、安董に恨みを抱く大身旗本の子息であった。

味方の形勢不利とみるや、たまらずに安董は喝しあげる。

「誰かある。馬引けい」

命を下すや、愛馬の黒鹿毛《くろかげ》が蹄《ひづめ》も高らかに疾駆してきた。

「おう、ほほ、来おったな」

馬上に人影があった。

自分ではない誰かが貂《てん》の皮でこしらえた陣羽織を纏い、右手にご下賜の宝刀を掲げている。

「藤四郎吉光《とうしろうよしみつ》か」

あの宝刀は十余年前、藩屈指の剣客である毬谷慎兵衛《しんべえ》が千代田《ちよだ》城で催された御前試合にて比類なき活躍をみせ、家斉公より賜ったものにちがいない。

「一徹者め」

慎兵衛は藩の元剣術指南役にして円明《えんめい》流の達人である。御前試合で披露した剣は神《かみ》憑《がか》っており、柳生新陰《やぎゅうしんかげ》流や小野《おの》派《は》一刀流の猛者《もさ》も歯が立たなかった。家斉はその強靭《きょうじん》さに感じ入り、藤四郎吉光の名刀を下賜するとともに、将軍家指南役に取り立てようとまで言ってくれた。

「それを、あの莫迦《ばか》は固辞しおった。剣の道に邪心が混じってはならぬと抜かし、一世一代の好機を逃しおったのじゃ」

慎兵衛は宝刀を引っさげて国許《くにもと》に舞いもどり、城下の外れに道場を構えて飄々《ひょうひょう》と生きているという。

黒鹿毛の馬上にあるのは、毬谷慎兵衛ではない。

安董自身でもない。

邪道の剣を会得せんとして勘当された毬谷家の三男坊、慎十郎であった。

「ぬはは、殿、悪党退治は拙者にお任せあれい」

なぜ、あのように粗暴で傍若無人な若僧を信じてしまったのか。

しかも、貂の陣羽織を与え、愛馬の黒鹿毛まで預けてしまったのか。

安董は自分自身がよくわからない。

空駕籠を駆けさせ、黒天狗どもを欺くと聞かされたときは、名案だと膝を叩いた。

冷静沈着な豪右衛門もその案に乗り、敵のみならず味方も欺いてやりましょうぞと、年甲斐《としがい》もなく目を輝かせた。

さらに、慎十郎が馬を貸せというので、渋々ながらも黒鹿毛を貸してやった。

天下の老中ともあろうものが、父親に勘当されたうえに藩籍をも抜かれた若僧の無謀な要求を呑んだ。

わからぬ。

抗い難い何かを感じたとしか言えぬ。

豪右衛門も、馬の件だけは許してはならぬと訴えておった。

が、まあ、あれも褒美のひとつであったとおもえばよい。

慎十郎は見事に大役を果たし、悪辣《あくらつ》非道な敵を成敗した。

「あっぱれなやつ」

今ごろ、何処でどうしておるのやら。

六

夢と現実を行きつ戻りつしていると、得も言われぬ芳香が漂ってきた。

「伽羅《キャラ》か」

ふと、安董は目を醒《さ》まし、脇息からずり落ちる。

廊下の片隅から、豪右衛門の声が聞こえてきた。

「殿、大奥より歌橋《うたはし》さまがお見えにございます」

「お、そうか」

来客のあることをおもいだす。

衣擦れとともに、芳香の主があらわれた。

齢三十代なかば、ふっくらして色白の安董好みの年増だ。

妙な気を起こしたら火傷《やけど》をする。

歌橋は次期将軍と目される家祥の乳母、みずからの殻に閉じこもりがちな家祥が唯一心を許す女官にほかならない。家祥にとってなくてはならない存在であり、生母お美津《みつ》の方より慕われている。三代将軍家光《いえみつ》の乳母から出世して大奥の実権を握った春日局《かすがのつぼね》になぞらえて、ひそかに「今春日」などと囁く者たちもあった。

家祥の傅育を仰せつかっている安董とは当然のように親しく、父と娘のような関わりと言っても過言ではない。

歌橋は下座に平伏し、やや後ろのかたわらに豪右衛門が控えた。

「御老中さまにおかれましては、ご機嫌麗しゅう」

「五日に一度、御錠口《おじょうぐち》のそばで会っておるではないか。堅苦しい挨拶《あいさつ》は抜きじゃ」

「恐れいります」

「お忍びで来られたのか」

「はい」

「火急の用と聞き、若君に何かあったのではないかと案じたぞ」

「申し訳ございません。お世継ぎさまは、お健やかにお過ごしです」

「さようか。西ノ丸には、お世継ぎを認めぬと抜かす不埒《ふらち》な者がおるそうじゃ。何をされるかわからぬゆえ、充分に気を配るように。ことに、毒にはな」

「御広敷《おひろしき》の者どもに念を押しておきましょう」

歌橋は少し蒼褪《あおざ》めた顔で応じる。

安董の念頭にある「不埒な者」とは、家斉が寵愛《ちょうあい》している側室のお美代《みよ》の方にほかならない。欲の深いことで知られ、二年前には家斉にねだって雑司ヶ谷の感応寺《かんのうじ》を将軍家御祈禱所《ごきとうしょ》に格上げさせたうえに、実父の日啓《にっけい》を住職に就かせた。

さらに、養父の中野碩翁《せきおう》は家斉の側近として権力をふるった元小納戸《こなんど》頭取《とうどり》にほかならず、剃髪《ていはつ》して向島《むこうじま》の豪邸に隠居した今も、家斉のお伽衆《とぎしゅう》として登城を許されている。碩翁に口利きを請うために、諸大名や豪商は今でも莫大《ばくだい》な賄賂《まいない》をせっせと贈っているとも噂されていた。

この碩翁とお美代の方の強欲ぶりが、大奥の火種として燻っている。

それはまさに、将軍継嗣に関わる本丸と西ノ丸の対立であった。

本丸の家慶としては家祥を次期将軍にするつもりでいるのだが、お美代の方をはじめとする西ノ丸の一派は「家祥どのは虚弱ゆえに将軍の器ではない」と陰口をたたいていた。

お美代の方には加賀《かが》藩主前田斉泰《なりやす》のもとへ嫁いだ溶姫《ようひめ》がおり、溶姫には犬千代という男子がある。お美代の方と碩翁の一派は、その犬千代を次期将軍に据えようという野心を燃やしており、大御所家斉にはたらきかけもしていた。

安董は怪《け》しからぬはなしだとおもっていたが、外様だけに差し出口は控えている。

「先日の火事で西ノ丸の方々は二ノ丸にお移りになられましたが、益々意気軒昂《いきけんこう》など様子にござります」

「大奥のことはわかりかねるが、さもあろうな」

「じつは、火元につきまして、気に掛かる証言が出てまいりました」

「御膳所《ごぜんしょ》の火の不始末と聞いたが、そうではないと」

「はい。長局は一ノ側の一角から火が出たと申す者が何人かござります」

「御年寄の部屋から出たと」

「さように」

「御年寄の名は」

「霧島さまにござります」

「権勢並びなき御用掛か、厄介じゃな」

「されど、事実なれば捨ておけませぬ」

「たしかに、火元とされた御膳所の組頭《くみがしら》は責を負って腹を切り、へっつい番以下何人かは死罪になった」

霧島の部屋方数名が申しあわせたように「へっついが火を噴いていた」と証言したことにより、御膳所の者だけが三十数名も罰せられた。そのなかには庖丁人《ほうちょうにん》もふくまれていたという。

女中たちの証言が嘘《うそ》だったとしたら、死んだ者たちは浮かばれない。

本人のみならず、路頭に迷うことになった家族にも申し訳が立たないと、安董はおもった。

「当夜、長局の一角で聞香《ききこう》をおこなっていた女官たちがあったそうです」

「聞香とは、沈香の香りを当てる遊びか」

「いかにも。されど、当夜おこなわれていたのは、御法度《ごはっと》とされている賭《か》け香であったとか」

「賭け香か。初耳じゃな」

金を賭けたうえで香りを当てる遊びだが、賭け金が何と一石単位であったらしい。

今は飢饉の影響で米価は高い。一升で四百文もする。一石は十斗なので百升分、相場で換金すれば十両にもなる。よほど高い身分の者でなければ、聞香にそのような大金を賭けることはできない。

「そうした噂は以前からありました」

真偽を確かめるべく、上臈御年寄の姉小路が半年ほどまえに間諜《かんちょう》を放った。その間諜が火事で帰らぬ者となったらしい。

「ほう」

「じつを申せば、賭け香も霧島さまの部屋でおこなわれ、お美代の方までそこにおられたとの証言が、姉小路さまのもとへもたらされたのです」

「いったい、何者がそのような証言を」

「鳩です」

「鳩」

安董は、口をほの字にする。

歌橋は、ふっと微笑んだ。

「わたしの飼っていた白い伝書鳩を歌舞伎役者に託したのです」

「歌舞伎役者に伝書鳩。はなしがみえぬ」

「間諜とは、錦絵にもなった浦田甚五郎のことにござります。姉小路さまが以前より贔屓にしておられ、大きい声では申せませぬが」

色仕掛けで霧島を籠絡《ろうらく》させ、賭け香の悪事を調べさせていた。

この半年、月に一度の逢瀬《おうせ》に通いつめ、ようやく尻尾《しっぽ》を摑んだとおもったやさき、甚五郎は伝書鳩を飛ばしたあと、火事に巻きこまれて帰らぬ人となった。

「焼け跡を調べた御広敷の者によれば、ほとんど灰と化した櫃のそばから墨のように焦げた屍骸《むくろ》がみつかったとか」

焼死体はあきらかに、男のものであったという。

「それは役者じゃ。櫃に隠れておったのじゃろう。されど、死んでしまっては元も子もない。鳩と人では証言の重みがちがう」

「姉小路さまも、そう仰《おっしゃ》いました。さらに探索をすすめないことには、霧島さまの悪事をあばくことはできぬと」

「歌橋どの、もしや、姉小路さまの命でおいでか」

「とんでもない」

歌橋の主人はあくまでも、家祥を産んだ家慶側室のお美津の方にほかならず、御台《みだい》所《どころ》付きの姉小路は天敵にも近い相手だった。だが、西ノ丸の陰謀にたいしては結束して事に当たるべく、暗黙の了解がなされているらしかった。

「誰が味方で誰が敵か、わしにはようわからぬ。大奥は城の闇《やみ》じゃ」

「ほほ、城の闇とは言い得て妙にございます」

白檀《びゃくだん》の扇子で口を隠して笑い、歌橋は話題を変える。

「火事場から、霧島さまにお仕えする多聞がひとり消えました」

「ほう、多聞の名は」

「おるいと申します。鳩香堂という香木商の養女で、三年前にとある御旗本を介して世話を頼まれ、霧島さまにご紹介いたしました」

身分の高い奥女中は、市井から多聞と称する雑用方を採ってよいことになっている。役目は水汲みや掃除洗濯などの下働きだが、大奥女中には変わりないので、何年か奉公すれば箔もつく。

実家に戻れば良縁は引く手あまたになるので、町娘やその両親にとって大奥奉公は人気があった。しかも、商人ならば雇い主の奥女中に気に入られて御用達《ごようたし》に出世することもままあるので、法外な賄賂をつかってでも娘を大奥へあがらせたい者は後を絶たない。

一方、雇う側は常のように手が足りないので、本丸大奥の女官が西ノ丸のほうに町娘を周旋することもあれば、その逆も頻繁にあり、歌橋も深い考えがあって霧島におるいを推薦したわけではなかった。

「おるいも、じつは賭け香を目にしておりました」

霧島の部屋で見聞きしたことを綴《つづ》った文が、密《ひそ》かにもたらされていたという。

「信頼されておったのだな」

「大奥にあがる日、何かあったら文を届けるようにと告げておいたものですから」

手ずから届けるわけにもいかないので、役者に預けたのとは別の伝書鳩を与えていたのだという。

「その娘が消えたのか」

「はい。鳩とともに」

焼け跡から娘の屍骸はみつかっておらず、実家に戻ったはなしも聞いていない。

「おるいをみつけだせば、西ノ丸焼失の原因がわかるやもしれませぬ。御老中さまのお力をもって、お捜しいただけまいかと存じまして」

「笑止な。わしに大奥を徘徊《はいかい》せよと申すか。されば、塵箱爺《じんこじじい》にでも化けねばなるまい。のはは、のはは……笑っている場合ではないの」

「もはや、御老中さま以外に頼るべきお方もみつけられず、ご迷惑も顧みずにまかりこした次第。この際、おるいのことのみならず、霧島さまの部屋でおこなわれた悪事の全容をつまびらかにしていただけますまいか」

「悪事がつまびらかになったあかつきには、どういたせばよい」

「いかようにも、処分はお任せいたします」

「いかようにも」

安董は黙りこみ、歌橋の眸子をじっとみつめる。

張りつめた沈黙に耐えきれず、豪右衛門が空咳《からせき》を放った。

安董は肩の力を抜き、ほっと溜息を吐く。

「歌橋どのの願いなれば、拒むこともできまいて。されど、しんどいぞ。事が事、相手が相手だけにな」

「承知しております。なれど、こたびの火事で亡くなった者たちの無念を晴らさねばなりませぬ」

「そうじゃな」

火事などの不測の事態を調べる役目は、本来、若年寄の林肥後守忠英《はやしひごのかみただふさ》に委《ゆだ》ねるのが筋であった。しかし、肥後守はお美代の方と通じており、依頼しても詮無いことは目にみえている。

「御老中さまのお力で、どうか、おるいをみつけてやってくだされ」

「承知した」

「よしなにお願い申しあげます」

歌橋が手を打つと、侍女らしき者が鳥籠《とりかご》を携えてきた。

白い鳩が入っている。

「これは、亡くなった甚五郎に預けた鳩にございります。いざというときは、お使いください。よく躾《しつ》けてござりますれば、かならずやお役に立ちましょう」

「そこまで仰るなら、預かるのも吝《やぶさ》かではないが」

「されば、失礼つかまつりまする」

歌橋が去ると、豪右衛門が渋い顔を向けてきた。

「殿、無理筋のご依頼にござりましょう。しかも、妙なものを置いていかれました」

鳥籠のなかでは、鳩が驚いたような顔をしている。

「そう申すな」

「御広敷の伊賀者《いがもの》についても、それこそ誰の意を汲んでいるのか判別すらできず、得手勝手に使うこともできませぬ。弱りましたな。大奥へ送りこむべく、手頃なノ一でもみつけますか」

「静乃《しずの》はどうじゃ」

「え」

最愛の孫娘の名を出され、豪右衛門は眸子を剝いた。

安董は笑う。

「豪よ、許せ。戯れてみただけじゃ。静乃では荷が重すぎよう。なにせ、龍野に咲いた芍薬《しゃくやく》の花と評される姫君じゃからな」

「殿、遊びがすぎますぞ」

「されど、静乃も十七であろう。いつまでも、よぼの爺のもとに置いておっては可哀《かわい》想《そう》じゃ」

「ご心配いただき、恐れ多いことにござります」

「良縁に恵まれぬと聞くが、静乃には誰ぞ好いた者でもおるのか」

豪右衛門の脳裏に、慎十郎の雄姿が浮かんだ。

すぐに打ち消し、真っ赤な顔で首を横に振る。

「さような者、おるはずもござりませぬ」

「そうかのう。おぬしが知らぬだけではないのか」

「殿、それ以上はご勘弁を」

「ふはは、わかった」

安董はひとしきり笑い、さきほど夢にみた若侍の近況を問うた。

「そういえば、虎はどうしておる」

豪右衛門はどきりとしつつも、敢《あ》えて問いなおす。

「虎とはいったい、誰のことにござりましょう」

「毬谷慎十郎じゃ。春一番とともにあらわれた二十歳の若僧を、豪は『虎に似たり』と申したではないか。忘れたのか」

「いいえ、忘れてはおりませぬ。じつは、かの愚か者のことで、殿のお耳に入れたきことが」

「何じゃ、言うてみい」

「は。あやつ、しでかしました」

「ほう、何を」

「日本橋の魚河岸で、捕り方相手に大立ちまわりを演じたとか」

魚河岸での騒動を告げると、安董はさも嬉《うれ》しそうに笑った。

「ぬはは、おぬしの申すとおり、正真正銘の愚か者じゃ。あやつめ、お上を何と心得ておる」

古狸《ふるだぬき》の江戸家老も、にやりと笑う。

「さすれば、ひとつ灸《きゅう》を据えてやりましょう」

「ふむ。さっそく、町奉行に伝えよ」

「御意《ぎょい》」

豪右衛門は雪でもかぶったような白髪頭でうなずき、腰を屈めて退室すると、足早に廊下を去っていった。

七

三日後、快晴。

白洲は熱を帯びていた。

呉服橋《ごふくばし》御門内の北町奉行所、黒渋塗りに白い海鼠《なまこ》壁も鮮やかな長屋門のなかで、慎十郎は天蓋《てんがい》も震えんばかりの大音声《だいおんじょう》を発してみせた。

「お待ちあれい、安房守《あわのかみ》さま」

羽番縄《はがいなわ》を掛けられ、すでに町奉行より「重敲《じゅうたた》きの刑に処する」との沙汰《さた》を受けたにもかかわらず、神妙にうなだれるどころか、威風堂々と胸を張っている。

白洲に連れだされた者は、いかに凶悪な悪党であっても、眩《まばゆ》いばかりの威光に平伏《ひれふ》すものだが、慎十郎はちがった。厳粛な裁きの場にあっても、白洲砂利に敷かれた筵《むしろ》のうえでふんぞりかえり、微塵《みじん》も怯《ひる》まずに存念をぶちまけてみせる。そのような無謀をやってのける者は稀《まれ》にもいまい。

「お待ちあれい」

罪人から大声で呼びつけられ、北町奉行の大草《おおくさ》安房守高好《たかよし》は腰を浮かせかけたまま固まった。

通常ならば、ここで待ったが掛かる。

かたわらに控える吟味方与力が慌てふためきながら「ええい、黙れ。頭《ず》が高い」などと発し、正面左右の蹲踞《つくばい》同心が手にした六尺棒で打ちすえにくる。

ところが、慎十郎の威風に呑まれ、吟味方与力の叱責《しっせき》がひと呼吸遅れた。

その間隙《かんげき》を衝《つ》き、罪人の声が凜々《りんりん》と響きわたる。

「衆生《しゅじょう》は今、死にかけておりまする」

ぴくりと、安房守の耳が動いた。

一喝せんと片膝を立てた与力を手で制し、慎十郎のことばに耳をかたむける。

それはまさに、抜き放たれた名刀の斬れ味をためさんとするかのようで、白洲に集った役人の誰もがいまだかつて経験したことのない光景であった。

「にもかかわらず」

と、慎十郎はつづける。

「ろくに働きもせぬ者たちが、毎日毎日、高価な魚を食っている。しかも、供される魚の多くは捨てられ、その日のうちに腐ってしまう。安房守さま、このような理不尽が許されるとお考えか」

慎十郎は喋りながら感極まり、滂沱《ぼうだ》と涙を流しはじめた。

眺めている者たちは涙の量に驚き、発せられたことばの内容よりも、発した者の気迫に気圧《けお》されている。

我に返った安房守から、吟味方与力へ意外な一声が下された。

「そもそもの事の発端はたしか、納屋役人の行きすぎたやりようにあったと聞いた。これに相違ないか」

「はは」

「されば、一方だけを裁くのはつりあいがとれぬではないか」

「はは」

吟味方与力は青畳に額《ぬか》ずき、顔もあげられない。

つうっと、背中に冷や汗が流れる。

裁きの段取りをつけた責任を問われるやもしれず、与力は動悸の高鳴りを制することもできなかった。

だが、責任を問われているのでないことはすぐにわかった。

町奉行は直《じか》に罪人と喋ることができない規則なので、誰かを介して筵《むしろ》の主に語りかけようとしているのだ。

吟味方与力はそれと察したものの、前代未聞の出来事に頭のなかが真っ白になった。

どう応じてよいのやら計りかねていると、安房守がぼそっと漏らす。

「何事も行きすぎてはいかん。ほどほどが肝心じゃ。のう」

「ご主旨ごもっとも。納屋役人に申しつたえまする」

「ふむ」

安房守はうなずき、慎十郎にちらりと目をくれた。

「虎か」

ひとりごち、裃を揺すって笑いだす。

「くはは、なるほど、面付きがよう似ておるわ。黒鹿毛の乗り心地はさぞかし、快適であったろうの」

安房守はひとしきり笑い、裁きの場から風のように去っていった。

ぽつねんと座る慎十郎の耳には、笑い声がいつまでも響いている。

「ふん、何が虎だ。何が黒鹿毛だ」

腹が立った。

何もかも承知のうえでの裁きだったのか。

慎十郎は江戸で名のある道場を荒らしまわり、虎のごとく猛々《たけだけ》しい傾奇者《かぶきもの》として読売《よみうり》にも載った。のみならず、脇坂安董の意を汲み、無宿者を煽動して打ち毀しをおこなわせていた黒天狗の首魁を成敗した。和田倉門外における首魁との決戦に際し、安董の愛馬である黒鹿毛を操り、辰ノ口《たつのくち》へとつづく大路を闊歩《かっぽ》したことなども、江戸の治安を一手に担う町奉行ならば知り得て当然のことだ。

知っていたがゆえに、三日という異例の速さで沙汰が下されたのだ。

江戸家老の赤松豪右衛門が手をまわしたのやもしれぬ。

きっとそうにちがいない。

「けっ、狸爺め。何が百敲きだ」

納屋役人や捕り方相手に、大立ちまわりを演じた。お上に公然とたてついたようなものだ。あれだけのことをしでかして、百敲きで済まされるはずはない。刑があまりに軽すぎる。軽すぎることが、慎十郎は腹立たしいのである。

「くそっ」

老中の威光を配慮したのだとすれば、公正な裁きとは言えぬ。

本来は寛大な裁きに感謝し、甘んじて受けるべきところにもかかわらず、裁きのいい加減さがどうにも我慢ならない。

慎十郎はへそまがりの本領を発揮し、口をへの字に曲げた。

「立ちませい」

与力の命で、くいっと縄を引かれる。

岩のように微動だにもしない。

「立て、立たぬか、こら」

縄を引く下役人に前歯を剝き、猛然と威嚇する。

与力が慌てて小走りに身を寄せ、低声《こごえ》で囁いた。

「たわけ。早々に退出いたせ」

「退出の理由を述べよ」

「何じゃと」

与力はこめかみに青筋を立てたが、ぐっと怒りを抑えこむ。

「面倒臭い男じゃのう。よいか、聞くがよい。おぬしはみずから望んで白洲に連れだされ、お奉行に腹のなかをぶちまけた。言いたいことは言ったはずじゃ。それでよかろうが。これ以上、わしらを困らせるでない」

たしかに、言いたいことは言った。

役人たちをいたずらに困らせるつもりもない。

「なあ、毬谷よ。勘弁してくれ」

仕舞いには泣き顔で懇願され、慎十郎はやおら立ちあがる。

「詮方あるまい」

与力の殊勝な態度に触れ、胸にわだかまる不満が嘘のように消えた。

消えてしまえば怒りも忘れ、あっけらかんとしている。

慎十郎は五月晴れのような顔で、燦々《さんさん》と煌《きら》めく白洲に背を向けた。

八

慎十郎が引かれていったさきは、小伝馬町《こでんまちよう》の牢屋敷《ろうやしき》であった。

入牢《じゆろう》ではない。

牢屋敷は罪人でいっぱいなので、留めおく余地すらなかった。

罪人たちへの見懲《みご》らしとして刑を執行すべく、わざわざ連れてこられたのだ。

慎十郎は、丸二日留めおかれた南茅場町《みなみかやばちよう》の大番屋から直に北町奉行所の白洲へ連れだされた。ゆえに、牢屋敷を目にするのは生まれてはじめてのことだ。物珍しいので、きょろきょろしていると、牢屋同心に睨まれた。

「ふん、偉そうに睨みおって」

ふてぶてしい態度で悪態を吐く。

繰りかえすようだが、町奉行より科された刑は重敲き、割竹二本を麻苧《あさお》で包んだ笞《むち》で背中を百敲く。

遠島や死罪にくらべれば遥《はる》かに軽い刑だが、堅固な笞で生身の背中をおもいきり敲かれたら、すぐに皮膚は裂ける。どのような強者《つわもの》でも悲鳴をあげ、途中で何度も失神するという。

だが、慎十郎にしてみれば、何ほどのこともない。

衆人環視のもとで腹這いになることも、恥辱には感じなかった。

「これもよい経験だ」

働かずに上等な魚を食うことの理不尽さを訴え、訴えが通らずに笞打ちの刑に処せられる。

何やら、それが痛快に感じられた。

みずからを戒めたい気持ちもある。

黒天狗の首魁を斬った。

悪辣非道な相手だったとはいえ、生身の人間を斬った。

一抹の悔いがある。

肉体を痛めつけられることで心の痛みが少しでも和らいでほしいと、慎十郎は願っていた。

笞打ちの刑は、正門前に敷きつめられた冷たい敷石のうえでおこなわれる。

大勢の役人が立ちあい、野次馬たちが遠巻きにみつめていた。

ほかの罪人たちも、格子を摑んで遠くから眺めている。

目にできない者も、苦しげな呻き声を聞かされた。

役人は手加減をしない。

「これより、百敲きをおこなう」

杏子色《あんずいろ》の夕陽がかたむきかけたころ、慎十郎は褌《ふんどし》一丁で腹這いにさせられた。

「播州浪人、毬谷慎十郎。お沙汰を神妙にお受けせよ」

敲き役の同心が一歩踏みだし、やる気満々の様子で両袖《りょうそで》を捲《まく》りあげる。

「手加減は無用」

慎十郎はうそぶいた途端、叱責を浴びた。

「黙らっしゃい」

赤銅の背中が、西陽を受けて煌めいている。

細長い人影が、大きな背中にかぶさってきた。

「ひとおつ」

数読みの掛け声とともに、笞の唸《うな》りが聞こえた。

びしっという音が響くたびに、見物人たちは首をすくめ、なかには「ひゃっ」と声をあげる者もいる。

慎十郎は潰《つぶ》れ蛙のように俯《うつぶ》し、身動きひとつしない。

鋼のような皮膚は裂け、笞打つたびに鮮血が飛びちる。

掛け声が五十を超えても音をあげず、交替で笞を振るう役人たちのほうが大汗を垂らし、疲労の色を滲《にじ》ませた。

――ごおん。

暮れ六つ（午後六時頃）の鐘が捨て鐘を打ち、あたりは薄暗くなっていく。

笞打つ間隙は徐々に短くなり、やがて、刑は終わりを告げた。

縛《いまし》めを解かれた慎十郎は、何事もなかったような顔で立ちあがる。

「おぬし、平気なのか」

役人たちは驚き、唖然《あぜん》とするしかない。

「かたじけのうござった」

慎十郎は垢《あか》じみた着物を纏い、ぺこりと頭を垂れる。

役人たちも返礼し、見物人たちからは感嘆の吐息が漏れた。

慎十郎は牢屋敷の門を背にし、両手を天に突きあげる。

「ふわっ」

大きく伸びをした。

背中の裂傷は痛んだが、声をあげるほどのことでもない。

「さあて、どうするか」

無縁坂下の丹波道場へ素直に帰ればよいのだが、一徹や咲への上手な言い訳が浮かんでこなかった。

お上に逆らって縄を打たれ、白洲で沙汰を受けて背中を百回敲かれた。

正直にそう言えばよいだけのことだが、説明するのもまどろっこしい。

「腹が減ったな」

行き先をきめかねていると、旦那衆《だんなしゅう》の使う法仙寺《ほうせんじ》駕籠《かご》が一挺《ちょう》、滑るように近づいてきた。

「ん、何だ」

横の引き戸が開き、ひょろ長い体軀《たいく》の五十男が降りてくる。

「失礼ですが、丹波道場の毬谷慎十郎さんで」

にっと笑った途端、頰の刀傷がひくひく動いた。

面識はない。危なそうな男だ。

慎十郎は小首をかしげる。

「どうして、こっちの素姓を知っておる」

「へへ、おめえさんが有名人だからさ。魚河岸じゃ木っ端役人をぎゃふんと言わせ、白洲じゃお奉行さんに強意見《こわいけん》を吐いた。百敲きが終わっても、ほれ、そのとおり、けろりとしていなさる。ふふ、おめえさんほどの豪傑は、さすがのおれもみたことがねえ。鍾馗《しょうき》も関帝《かんてい》も真っ青ってやつだ。毬谷慎十郎をこの目にできて、五十の齢まで長生きした甲斐《かい》があったというもんさ」

ずいぶん大袈裟なことを言い、男は法仙寺駕籠へ誘う。

「さあ、遠慮はいらねえ」

宴席を用意したから、相伴《しょうばん》に与《あずか》れというのだ。

「腹減ってんだろう。美味《うめ》えもんをたらふく食わしてやるぜい」

格別に拒む理由もなかった。

得体の知れない男の誘いに乗り、慎十郎は駕籠の人となった。

九

駕籠に揺られてたどりついたさきは、柳橋《やなぎばし》の料亭だった。

慎十郎ひとりのために、二階の大広間は借り切ってある。

招じられてみると、つぶし島田に薄化粧の綺麗《きれい》どころが揃っていた。

「おいでなさい。お大尽さま、さあ、どうぞ」

艶っぽさでは当代一と言われる柳橋の芸者には目もくれず、慎十郎は朱塗りの蝶足《ちょうあし》膳《ぜん》に並んだ豪勢な料理に吸いよせられる。

くうっと腹の虫を鳴らした途端、芸者衆は笑いころげた。

桃色に色付いた花海棠《はなかいどう》が太い枝ごと花瓶に挿され、床の間に飾ってある。

花海棠を背にした上座に腰を落ちつけるなり、鮑《あわび》の貝殻でつくった大杯が運ばれてきた。

「へへ、おめえさんの武勇伝は聞いているぜ」

頬傷の男が言えば、芸者衆もうっとりした眼差《まなざ》しでうなずく。

「それじゃ、娑婆《しゃば》へ戻ったことを祝して」

かたちだけの乾杯を済ませ、男は一升瓶を抱えた。

「強《つえ》え男は剣菱《けんびし》よ、ぬへへ」

蟹股《がにまた》で身構え、目のまえの大杯に一升瓶をかたむけ、どっくんどっくん注いでいく。

「七合五勺（約一・四リットル）のうかむせだぜ。そいつを、ひと息で空けちまってくれ」

「え」

「おめえさんなら、ちょろいもんだろう。さ、ぐっとな、ぐっと」

煽られて慎十郎は、冷や酒の満たされた大杯を抱えあげた。

つっと首を差しだし、縁に口を付け、少しずつかたむけていく。

「わっせ、わっせ」

芸者衆の掛け声に合わせ、咽喉《のど》がごくごく鳴った。

陽気な三味線の伴奏で、幇間《ほうかん》は剽軽《ひょうきん》に踊りはじめる。

「それ、呑めや歌えの空騒ぎ、騒がぬ者は莫迦をみる。酔えば海路の日和あり、宵に良いこと夢にみる」

「わっせ、わっせ。それ呑め、やれ干せ」

芸者衆は裾を捲り、幇間は褌一丁になり、頬傷の男は槍を突くまねをし、部屋じゅうが祭のように盛りあがる。

慎十郎もその気になり、一度も休まずに大杯を空けた。

「ぐえっ」

げっぷを放ち、けろりとした顔で胸を張る。

「ふへへ、やったやった」

頬傷男は、芯から嬉しそうに手を叩いた。

「さすが、噂どおりの御仁だぜ」

慎十郎は、ぎょろ目を剝く。

「あんた、いったい何者だ」

「聞きてえのかい。だったら教えてやろう。おれはな、菰《こも》の重三郎《じゅうざぶろう》さ」

「菰の重三郎」

江戸に住む者なら、誰もがその名を知っている。

知っていても、けっして口にしない名でもあった。

下手に関われば、どのような災難に見舞われぬともかぎらない。

もちろん、慎十郎は知らなかった。

「へへ、おめえさんは知らなくていい」

脅し、盗み、殺し、何でもありの江戸で闇を牛耳る元締めのひとりが、菰の重三郎にほかならない。

「これを縁に、どうかお見知りおきをな、頼んだぜ」

丁寧に頭を下げられ、慎十郎は恐縮する。

来いと言われたので、従《つ》いてきただけのはなしだ。呑めと言われて酒を呑み、耳にしたこともない名を聞かされた。それだけのことだ。

ふんと鼻を鳴らす慎十郎の不敵な素振りにも、重三郎は満足そうな眸子を向ける。

「さっきも言ったが、おめえさんの噂はかねがね聞いていたんだ。江戸へ出てきて早々に道場破りを繰りけえしたことも、和田倉門外で黒天狗の首魁を成敗したこともな、ふつうなら知りえねえことだって、おれの耳にゃ入《へ》えってくる。おめえさんとはいちどこうして、じっくり呑みてえとおもっていたのさ。迷惑かい」

「いいや」

只《ただ》で酒を呑ましてくれる相手が、迷惑なはずはない。

「おめえさんをみていると、十八で逝《い》った倅《せがれ》のことをおもいだすぜ」

三年前、重三郎の息子は、でき心から盗みをはたらいた。縄を打たれてほどなくして、牢死《ろうし》したとの報《しら》せがあったという。

「痣《あざ》だらけの遺体でな、役人どもから惨い責め苦を負わされたあげく、ほとけになっちまったのさ。ふだんから袖の下を摑《むご》ませてはいたが、役人のなかにゃ、おれを快くおもっていねえ連中も大勢いる。孫の重三郎の倅だって理由で、殺されちまったんだよ。この恨みは忘れたくても忘れられねえ」

辛そうな父親の顔を、慎十郎はまともにみることができない。

「おめえさんは、役人どもを虚仮《こけ》にしてくれた。おれはな、久しぶりに心の底から嗤ったぜ」

重三郎は涙ぐみ、ぐしゅっと手鼻をかんだ。

倅が死んだのは自分のせいだと、悲しげに何度も繰りかえす。

ただでさえ涙もろい慎十郎は、ぐらりと心を動かされた。

「すまねえ。しんみりさせちまったな。へへ、でもな、おれにゃまだ愛娘《まなむすめ》がいるんだ。おもとっていう十六の娘でな。妾腹《めかけばら》だが、目に入れても痛かねえ。その娘を半年前、五州屋《ごしゆうや》の養女にしたのさ」

「五州屋」

「魚河岸にでけえ店を構えた廻船《かいせん》問屋だよ。遠くは唐天竺《からてんじく》とも繋がっているとかいねえとか。五州屋吉兵衛《きちべえ》は大法螺《おおぼら》吹きだが、そいつだけは嘘じゃねえ。でけえ樽廻船も持っていやがるしな。大金持ちで顔も広《ひれ》え。へへ、どうして、可愛い娘を五州屋の籍に入れたかって。おめえさんにゃ天地がひっくり返《け》えってもわかるめえ」

　重三郎は顎を突きだし、酔眼を向けてきた。
すでに、呂律《ろれつ》がまわらなくなりかけている。

「教えてやる。大奥へ入れるためさ」

「大奥」

「ああ。大奥奉公が、おもとの小せえころからの夢でな、おれはどうにかしてその夢をかなえてやりたかった」

　五州屋は大奥に繋がりがある。主人の吉兵衛を介して関わりのあるところへ賄賂《まいない》を積めば、何とかなると踏んだ。

「ただし、菰の重三郎の娘ってことがばれたら、このはなしは無しになる。だから、五州屋の養女にしたってわけさ。へへ、案の定、おもとは大奥へあがることができた。使った金は千両や二千両じゃきかねえ。親のおれが言うのも何だが、おもとは縹緻良《きりよう》しでな、御殿女中のなかでも引け目を感じることはねえと、偉いお方に太鼓判を押されたそうだ」

慎十郎は、さして興味もなさそうに耳をかたむけていた。

だいいち、江戸城の大奥がどのようなところなのか、見当もつかない。

重三郎は芸者に酌をさせ、さきをつづけた。

「太鼓判を押したな、西ノ丸の大奥を仕切る霧島さまよ」

「西ノ丸の」

「丸ごと燃えちまったがな、無事に二ノ丸へ移っていなさる。おっと、莫迦にするんじゃねえぞ。たしかに、おれも最初《はな》は眉《まゆ》をひそめた。どうして本丸じゃねえんだとな。ところが、今でも御政道を司るのは、本丸の公方さまじゃねえんだ。西ノ丸に引っこんだはずの大御所さまが舵《かじ》を握っていなさる。大奥もな、本丸より西ノ丸のほうが上らしい。そいつを嫉《ねた》んだ本丸の誰かが策を弄し、西ノ丸に火をつけたとか、そんな噂も聞いた。ま、ともかく、大奥でいっとう偉《えれ》え霧島さまのところで何年か仕えてくれりゃ、江戸一番の娘になって帰《け》えってくることは請けあいだぜ」

慎十郎は、水を差すように問うた。

「いっとう偉いのは、本丸の御台所だろう」

「あんなもんはお飾りさ。でけえ声じゃ言えねえがな、家慶公の御台所はお公家《くげ》さんの出で、下々《しもじも》のことなんざこれっぽっちもわかっちゃいねえ。大奥を仕切っててんのは御年寄さ。言ってみりゃ、裏の老中だわな。しかも、西ノ丸の霧島さまが今は一番なんだとよ」

御年寄もしくは老女と称する職掌の御殿女中は、本丸と西ノ丸に七人ずついる。

分限としては十人扶持《ぶち》、本給で五十石、合力金として百両、さらに諸大名からの献上金やおかず代名目の五菜銀が与えられ、炭薪や油などの現物も支給される。御台所の代参で寺社に詣《もう》でる際は、十万石の大名並みの供揃《ともぞろ》えが許されるほど権威が高い。

そうした御年寄のなかでも、霧島は西ノ丸の御用掛を務め、大御所家斉や正室茂姫のおぼえもめでたい遣《や》り手のようだった。

重三郎の愛娘はその霧島に目をつけられ、部屋方の多聞として仕えているという。

「商人《あきんど》どもが羨《うらや》むようなはなしさ。霧島さまと通じていりゃ、商売も安泰だかんな。へへ、おれにゃそうした欲はねえ。金にゃ困ってねえんだ。ただ、おもとの夢をかなえてやりたかった。それだけのことさ」

父親が望むとおり、大奥奉公から娑婆に戻ってくれば金ぴかの箔がつく。

遠からず、愛娘は良縁に恵まれることだろう。

「おれはな、おもとのやつが幸せになってさえくれりゃそれでいい。それ以上は何ひとつ望んじゃいねえ。もうすぐ宿下がりで、おれのもとへ帰えってくるんだ。おめえさんにも会わしてやろう。へへ、どんな土産話が聞けるか、今から楽しみだぜ」

重三郎は目尻《めじり》を垂らし、愛娘のはなしを延々とつづけた。

「へへ、少しばかり酔っちまったみてえだ。ま、困ったことがあったら、何でも言ってくれ。おれがかならず、助けてやるさ。嘘は吐かねえ。おめえさんは、菰の重三郎が見込んだ男だ」

三味線の清掻《すが》きが響き、芸者衆が陽気に歌いだす。

酒を酌みかわしながら、瞬く間に夜は更けていった。

十

明け鴉《がらす》が鳴いている。

丹波道場では、咲が鬼の形相で待っていた。

背後から声を掛けてきたのは、白い蓬髪《ほうはつ》を垂らした一徹だ。

「おぬし、牢屋敷《ろうやしき》の門前からどこへ消えたのじゃ」

探るような目を向けられ、慎十郎はたじろいだ。

「見知らぬ方に声を掛けられ、駕籠に揺られて気づいてみたら、柳橋の料亭におりました」

「何じゃと。今の今まで、芸者をあげて遊んでおったのか」

「はあ」

惚《ほう》けた顔で応じたところへ、咲がつっと近づいてきた。

何も言わず、平手で慎十郎の頬を打つ。

ぱしっと、小気味よい音が響いた。

咲は横を向き、不機嫌そうに奥へ引っこんでしまう。

「ほうら、怒らせちまった」

一徹が、いたずら小僧のように首を縮めた。

一見しただけでは、とても居合抜きの達人とはおもえない。

「おぬしが捕まった顚末《てんまつ》は聞いておった。重敲きで済んで安堵《あんど》したが、さすがに笞打たれているところはみたくないと、咲も申してな」

「咲どのが、そのように仰ったのですか」

「ああ、そうじゃ。昨日はまっすぐ帰ってくるとおもうてな、咲は赤飯を炊いておったのじゃぞ」

「え、赤飯を」

しかも、朝まで一睡もせずに待っていたと聞き、さすがの慎十郎もしゅんとなった。

丹波道場に身を寄せてからこのかた、まともに振りむいてもくれなかった咲が、この身を案じてくれたのだ。そんなこともつゆ知らず、芸者をあげて酒を喰《くら》っていたとは、浅はかな自分が恨めしい。

如月《きさらぎ》のはじめ、虫起こしの雷鳴ともども江戸へ出てきたその日から、慎十郎は他流試合を申しこむべく、名だたる道場を訪ねあるいた。

まさに、向かうところ敵無し、破竹の勢いで道場破りをつづけ、看板を外すかわりに袴の損料代なるものも頂戴《ちょうだい》した。要は道場の体面を保つための口止料であったが、もちろん、慎十郎の目当ては金などではない。

みずからの力量を験《ため》してみたかった。

自分は井の中の蛙なのかどうか、強者と闘うことで確かめたかった。

憑《つ》かれたように江戸じゅうを駆けまわり、世に聞こえた道場を手当たり次第に荒らしまわった。読売《よみうり》にも「天下無双の剣客推参」などと持ちあげられ、気づかぬうちに慢心が生まれていた。

増長する鼻っ柱を折ったのが、咲だった。

十六歳ながら、あらゆる道場から出稽古《でげいこ》を所望させるほどの力量を備えていた。鍛えたのは、千葉《ちば》周作《しゆうさく》や斎藤《さいとう》弥九郎《やくろう》も一目置く祖父の丹波一徹、そのむかしは御三家の剣術指南役をつとめるほどの剣客であった。

咲の素姓など知りようもないまま、慎十郎は女だからと甘く考え、介者《かいしゃ》剣術の柄砕きで鼻の骨を折られた。

その日のうちに、一徹に弟子入りを申しいれたが、きっぱり断られた。

隠居の身で今さら弟子をとる気もないと言われた。弟子もとらずにどうやって糊口《ここう》をしのいでいるのかと問えば、咲が出稽古で貰《もら》ってくる心付けだけが頼りらしかった。

貧しても、自分たちは心穏やかに暮らしている。がさつな男に寄宿されても迷惑なはなしだと突っぱねられても、あきらめずに居座りつづけ、どうにか気に入ってもらえるように、道場の雑巾掛けやら厠の掃除やらを懸命につづけながら機を待った。

咲は迷惑そうにしていたが、一徹は徐々に心を開き、半月ほどのち、稽古をつけてくれた。

そこで、慎十郎は完膚無きまでに叩きのめされたのだ。

おそらく、生まれてはじめて負けることの口惜しさを知った。

咲に負けたときは自分でも隙があったと感じていたが、一徹にはまったく歯が立たなかった。

胃がねじきれるほどの痛みを抱え、その足で道場を飛びだし、市中をさまよった。

そして結局、精神を一から鍛えなおそうと決め、舞いもどってきた。

みずからの意志で、黒天狗の首魁であった旗本の御曹司《おんぞうし》を斬った。

生身の人間を斬ったことで、精神修行の大切さを痛感したのだ。

一徹も咲も、以前のようには拒まなかった。

だからといって、歓迎されたわけではない。

あいかわらず、稽古すらつけてもらえなかった。

置いてもらえるだけでも、ありがたいとおもわねばなるまい。

ともあれ、ふたりの壁を越えねば、そのさきへ進むことはできなかった。

神道無念《しんとうむねん》流の斎藤弥九郎、直心影《じきしんかげ》流の男谷精一郎《おだにせいいちろう》、そして北辰《ほくしん》一刀流の千葉周作、当代の三達人と称される巨星たちに挑み、勝ちを得て誰からも力量を認められ、故郷の龍野へ凱旋《がいせん》を果たさねばならぬ。

胸に抱いた夢を果たし、厳しい父から一人前の剣士として認められたい。

剣術の指導者として龍野に大きな足跡を残し、母を病で失ったあとも三人の男子を男手ひとつで育てあげた。今は胸を患って見る影もなくなった父に、心の底から喜んでもらうことこそが、慎十郎の望みにほかならなかった。

が、今のままではとうてい、望みは実現しそうにない。

千葉や斎藤は喩《たと》えてみれば巨象で、自分は蟻にすぎぬ。

力量に天と地ほどの差があるのだ。

それがわかっているだけに、慎十郎は焦りを募らせていた。

「おい」

一徹が皺顔《しわがお》を寄せてくる。

「柳橋の芸者はどうじゃった。綺麗《きれい》どころが揃っておったか」

「え」

返答に困っていると、一徹は入れ歯を鳴らして笑った。

皺顔をいっそう皺くちゃにして、すぐさま真顔に戻る。

「機を逃したのう。咲と仲直りする好機であったに。それにな、耳寄りのはなしがあったのじゃ」

「何です」

「教えてほしいか」

「はい」

一徹は、すっと背筋を伸ばす。

「申しあいじゃ」

「え」

「聞いて驚くなよ。本所《ほんじょ》の男谷道場から千葉周作先生のもとへ申しいれがあった。千葉先生がそれならと、おぬしを推輓《すいばん》してくれたのじゃ」

「え、千葉周作が拙者を」

「莫迦者《ばかもの》、呼びすてにするやつがあるか」

「すみません」

「無論、相手は総師の男谷精一郎ではない」

と聞き、慎十郎はがっくり肩を落とす。

一徹は、ぎろりと眸子を光らせた。

「相手の名は島田《しまだ》虎之助《とらのすけ》、さきごろ男谷道場の門人となった者じゃ」

齢二十五、豊前中津《ぶぜんなかつ》藩の藩士で、幼少のころから一刀流を学び、十六のころには九州全域で互角にわたりあう者がいなくなったという逸話を持つ。

「おぬしに似て、荒々しい剣を使うらしい。虎に虎を嚙《か》ませればおもしろかろうと、千葉先生が仰ってな」

「虎に虎を」

咲はそれを聞いて、心の底から口惜しがったという。

「なぜだかわかるか。咲はたまさか、男谷道場へおもむき、島田の太刀行きを目にしておった。噂どおりの傑物でな、男谷道場の門人でまともに立ちあえる者はおらなんだ。もっとも、大将だけは別格よ。千葉周作が西の大関なら、男谷精一郎は東の大関じゃ。さきに一本取らせておいて、あとの二本は完勝じゃった。されどな、島田は男谷をも真剣にさせるほどの技倆《ぎりよう》と胆力の持ち主じゃ。咲は武芸者本然の血を滾《たぎ》らせ、島田虎之助の太刀行きをおもいだしては武者震いを禁じ得ぬのさ」

そもそも、島田との申しあいは、咲の希望からはじまったことだという。

千葉は男谷から内々に相談を受け、咲をして島田虎之助の鼻っ柱を折ってほしいと頼まれた。その折、咲の前座としてやらせたい者がいると応じたのだ。

「前座ですか」

「さよう。おぬしは前座じゃ。そのことを、咲は知らぬ。おぬしが負ければ、咲と島田はやらねばならぬ。正直、可愛い孫娘を虎の餌食《えじき》にさせとうはない。前座とは申せ、おぬしには勝ってもらわねば困る。どうじゃ、不満か」

「い、いいえ」

咲に敗れた慎十郎が前座をつとめるのは至極当然のことだ。

しかも、島田に勝利すれば、男谷精一郎に挑む道が拓《ひら》けるやもしれない。

ぶるっと、慎十郎は肩を震わせた。

「水を差すようでわるいが」

と、一徹は言う。

「このはなし、流れるやもしれぬ」

「え、どうしてです」

「相手が誰であろうと、柳橋の芸者をあげて酒を啖っている男がまともに闘えるわけもない。負けるとわかっておる勝負をやらせるわけにはいかぬでな」

「そんな」

不甲斐《ふがい》ない自分への怒りが迫《せ》りあがり、熱いかたまりとなって口から飛びだした。

「お待ちください。お師匠さま」

「おぬしの師匠になったおぼえはないぞ」

「その勝負、是非ともお受けしたいと、千葉先生にお伝え願いたい」

慎十郎は居住まいを正し、頭をさげた。

「このとおりにござる」

「はて、どうであろうか。わしは許しても、咲が許さぬじゃろうからな」

一徹は「くけけ」と、意地悪そうにふくみ笑いをする。

小憎らしい爺《じじい》だと、慎十郎は内心で舌打ちした。

「わしが憎いか」

「いいえ」

「正直に申せ。顔に憎いと書いてあるぞ。ふふ、どっちにしろ、咲を納得させるのは容易ではなかろうな」

慎十郎は泣き顔になった。

「いったい、どういたせばよいのでしょう」

「とりあえず、朝夕三千回ずつ、木刀でも振りこむことじゃのう、ひゃはは」

一徹は楽しげに発し、のどちんこをみせて笑った。

十一

咲は鼻の下に皺をつくり、小さな声で悪態を吐いた。

「あの莫迦」

慎十郎のことだ。

木刀を振りすぎて、肩がはずれてしまった。

はずれた肩を易々とはめ、どうだと言わんばかりの顔をしたかとおもったら、殊勝な態度を装い、島田虎之助と闘わせてほしいと土下座までしてみせた。

おはなしにならない。

千葉周作先生がどうお考えになろうと、島田との申しあいなど、ぜったいに認めるわけにはいかない。

咲は表情ひとつ変えず、道場から抜けだしてきた。

一徹には出稽古に行くような素振りをみせ、やってきたのは大きな櫓《やぐら》の左右に色とりどりの幟《のぼり》がはためく芝居町の一角だった。

時折足を伸ばしては木戸銭を払い、大向こうから三座の芝居を観る。

お目当ては何と言っても、七代目市川團十郎《だんじゆうろう》改め五代目海老蔵《えびぞう》の演じる助六だ。

六年前、成田屋相伝の荒事をもとに歌舞伎十八番を撰《せん》した当代随一の立役《たちやく》にほかならない。

弥生は御殿女中の宿下がりに合わせて、座元のほうでも「伽羅先代萩」や「加々見山旧錦絵《やまこきようのにしきえ》」などといった奥女中物を掛けるのだが、葺屋町《ふきやちよう》の市村座では海老蔵が座頭《ざがしら》となり、ちゃんと「助六」を演っている。

金主は成田屋の贔屓筋《ひいきすじ》、日本橋の魚河岸に大きな店を構える廻船問屋の五州屋吉兵衛だった。

「大江戸八百八町に隠れのねえ、杏葉牡丹《ぎょうようぼたん》の紋付も桜に匂う仲の町、花川戸《はなかわど》の助六とも、また揚巻《あげまき》の助六ともいう若ぇ者、間近く寄って面像拝み奉れい」

江戸紫の鉢巻に蛇の目傘、威勢のいい啖呵《たんか》を切る助六の晴れ姿をおもいえがき、咲はすらすら口上を諳《そら》んじてみせる。

恥ずかしいので一徹にも秘密にしているが、じつは無類の芝居好きであった。

今日は千穐楽《せんしゅうらく》というので、芝居町の界隈《かいわい》は朝から立錐《りっすい》の余地もないほどの賑わいをみせている。

波のように蠢く客たちの頭越しに、市村座の櫓が聳《そび》えていた。

大名題《おおなだい》看板の掛かる木戸口では、木戸芸者が役者の声色をまねながら配役を読みあげている。

さして関心を向ける客はいない。

痩《や》せてなよやかな物腰の木戸芸者は、名を笑吉《しょうきち》といった。

芝居通ならば、たいていの者は知っている。笑吉はかつて、そこそこ売れた女形《おやま》だった。ところが、酔客にからまれて刃物で顔を傷つけられ、舞台に立つことができなくなった。それでも食べていかねばならず、櫓主に頼んで木戸芸者にしてもらったのだ。

そうした事情を教えてくれたのは、棒手振りの度胸太助だった。

度胸自慢の鯔背な若者は、無縁坂下の丹波道場まで新鮮な魚を担いでくる。咲は気の良い太助に魚の善し悪しから庖丁さばきまで教わり、何でも相談するようになった。芝居好きという秘密も、太助にだけは打ちあけていた。なぜなら、太助は成田屋の贔屓筋として知られる五州屋に可愛がってもらっていると聞いたからだ。

いちどくらいは大向こうではなく、かぶりつきで「助六」を観てみたい。

願いを察したのか、太助は千穐楽の席札を用意してくれた。

咲はさきほどから、席札を持つ太助のすがたを探している。

「櫓のしたって言ったのに」

待っているはずの場所には人垣ができており、輪の中心には役者なみの黒羽二重《はぶたえ》をぞろりと纏った五州屋吉兵衛が誰かと談笑していた。

腕のなかには、ふわふわした白い毛並みの狆《ちん》を抱えている。

「あっ、どろぼう」

すぐそばで、町娘が叫んだ。

巾着切《きんちゃくき》らしき人影が走りすぎる。

「うおっ」

五州屋が驚くと同時に、狆が腕から飛びだした。

――きゃん。

ひと吠《ほ》えするや、巾着切の背中を追いかけ、まっしぐらに駆けていく。

「誰か、誰か、捕まえて」

町娘と五州屋が同時に叫んだ。

一方は財布を、一方は狆を取りもどしたい。

咲は咄嗟《とっさ》に駆けだした。

裾を捲《まく》って前屈みになり、刀の鍔と鯉口《こいぐち》を握って疾駆する。

だが、咲よりも速く走る者がいた。

「えっ」

白塗りの木戸芸者、笑吉にほかならない。

咲は楽々追いこされ、必死に追いすがった。

「退け、退きやがれ」

先頭の巾着切は叫びながら、人の隙間を縫うように駆けぬけていく。

壁となって立ちはだかる客は左右に割れ、ひと筋の道ができあがった。

その細い道に沿って、巾着切、狆、笑吉、咲の順で風のように駆けぬける。

楽屋《がくや》新道を東に向かえば、行く手には幅の広い人形町《にんぎようちよう》大路が交叉《こうさ》していた。

不運なことに、大路の北寄りから煌《きら》びやかな駕籠の一行が近づいてくる。

無論、巾着切にも笑吉にも咲にもみえない。

煌びやかな一行は周囲を睥睨《へいげい》しながら、ゆったりと進んでくる。

「大奥老女、霧島さまの御一行だってよ」

大路の端で見物人が囁いた。

御使番《おつかいばん》の女中を先頭にして、挟箱《はさみばこ》を担いだ小者たちがつづく。さらには、雪駄《せった》履きに菅笠《すげがさ》の添番《そえばん》、同じく継裃《つぎかみしも》に袴の股立《ももだ》ちを取った伊賀者《いがもの》、小人《こびと》とつづき、それらの者たちに守られて主役を乗せた鋲打ちの駕籠が悠然とやってくる。

家紋入りの棒黒を担ぐ陸尺《ろくしやく》は、いずれも黒無地薙刀袖《なぎなたそで》の看板を羽織っている。駕籠の両脇には帯に小刀を差した多聞が随伴し、合羽籠《カッパかご》持ちが背後から従っていた。

誰の目でみても、貴人の供揃えであることはわかった。

「御上使に託《かこつ》けて、芝居見物にいらしたのさ」

そうした囁きは、巾着切にも笑吉にも咲にも聞こえていない。

まず、巾着切と狆が行列の正面を横切った。

「ぬわっ、無礼者」

御使番が叫ぶと同時に、老女霧島を乗せた駕籠が止まる。

添番と伊賀者が抜刀し、身軽な動きで突出してきた。

そこへ、笑吉が息を切らせながら駆けてくる。

正面しかみていないので、駕籠の一行には気づかない。

「止まれ、無礼者」

添番の怒声で、笑吉は我に返った。

「え」

往来のまんなかにいる。

たったひとり、ぽつねんと佇《たたず》んでいる。

白刃を掲げたふたりの侍が、鬼の形相で斬りかかってきた。

野次馬どもは往来の左右に分かれ、固唾《かたず》を呑んでいる。

人垣の前列には、狆を抱いた巾着切のすがたもあった。

「おいらのせいだ。どうしよう」

自分の蒔《ま》いたタネのせいで、ひとひとりが死ぬかもしれない。

町娘の財布を掏《す》ったことを、巾着切は後悔した。

だが、誰もそんなことは気にしていない。

「無礼討ちじゃ、覚悟いたせ」

眼前で惨劇がはじまろうとしているのだ。

大奥老女は大名ではないが、代参のときは十万石の格式で供揃えが許されている。下手をすれば、中小の大名よりも格は高い。その駕籠先を平気な顔で横切った以上、抜き打ちに斬られても文句は言えなかった。

「ぬりゃ……っ」

添番は怒声を発し、大上段から斬りつけてくる。

「南無三《なむさん》」

笑吉は目を瞑《つぶ》った。

うわっ、斬られた。

と、誰もがおもった瞬間、添番が声もなくその場に倒れた。

みやれば、若衆髷《まげ》の咲が超然と佇んでいる。

得物は何ひとつ手にしていない。

息の乱れもなく、自然な構えだ。

「おのれ」

伊賀者が地を蹴《け》り、二間（約三・六メートル）余りも跳躍した。

そのまま、白刃を突きだす。

「死ね……っ」

咲はわずかに身を反らし、伊賀者の首筋に手刀を当てた。

「ぬきょっ」

気づいてみれば、伊賀者は地に俯《うつぶ》せ、白目を剥いている。

笑吉はがっくり両膝を落とし、ぶるぶる震えだした。

「くせものめ」

駕籠脇に控えた多聞たちが、転びそうな勢いで駆けてくる。

いずれも、両手で短刀の柄を握っていた。

だが、咲の相手ではない。

「お待ちなさい」

鋲打ちの駕籠から、凜とした声が響いた。

垂れが捲れあがり、草履が地面に抛られる。

すっと白足袋《しろたび》が伸び、縮緬《ちりめん》に縫《ぬい》のあしらわれた袱紗小袖の裾が覗く。

随伴する者たちは膝をつき、頭を深く垂れた。

野次馬どもは首を伸ばし、眸子を飛びださんばかりにする。

「出てくるぞ」

天下の往来で大奥老女を拝める機会など、稀にもない。

御政道を裏で司る大御所家斉のもと、権勢をほしいままにする霧島にたいして、誰もが尋常ならざる関心を寄せていた。

駕籠からすがたをみせたのは、ふくよかな面立ちの大柄な女官であった。

齢は四十のなかばと聞いたが、十は若くみえる。

歩く所作は楚々《そそ》として、一分の隙もない。

咲も見惚《みと》れるほどのたたずまいであった。

絢爛《けんらん》豪華な錦絵から抜けだしてきたような老女が、自分のほうに悠然と歩いてくる。

これは夢か。

いや、手ずから成敗されるのかもしれなかった。

逃げねばならぬとおもっても、金縛りにあったようにからだが動かない。

目は釘付けにされていた。

世の中には、権威を纏うのに似つかわしい人間がいる。

まちがいなく、霧島もそうした者のひとりだった。

「ん」

咲は芳香を嗅《か》いだ。

沈香か。

それとも、白檀であろうか。

「わらわは、大奥老女の霧島じゃ」

歌うような疳高《かんだか》い声を、咲は夢見心地に聞いた。

「そなた、名は」

「丹波咲と申します」

「丹波咲か、面妖《めんよう》な扮装じゃ。女剣士か」

「祖父が町道場を営んでおります」

「どうりで、強いとおもうたわ。そこに伸びておるふたり、御広敷の手練《てだ》れぞ」

霧島は紅《あか》い口を袖で隠し、くふふと笑う。

「道場は何処にある」

「池之端の無縁坂下にござります」

「おもしろい。無縁坂に住むおぬしと、こうして縁ができた」

霧島は金襴緞子《きんらんどんす》の帯から扇子を抜きとり、静かに差しだす。

「そなたに白檀の扇子を授けよう。証文代わりじゃ」

「証文とは」

「近々、二ノ丸大奥へ参内《さんだい》せよ。余興に演武を披露してみせるのじゃ」

「え、それは」

「できぬと申すなら、そこにおる木戸芸者の首を刎《は》ねてくれよう」

「何と仰せです」

「ほほほ、戯れたまでじゃ。本気にいたすな。あれこれ考えず、命にしたがうがよい。たった一日、大奥へ伺候すればよいのじゃ。わかったな、約束したぞ」

嫣然《えんぜん》と微笑み、霧島は踵《きびす》を返す。

供揃えが整い、鋲打ちの駕籠が何事もなかったように動きだすまで、沿道からは咳《せき》払《ばら》いひとつ聞こえてこなかった。

十二

芝居町での出来事は「木戸芸者を救った女剣士の快挙」として読売にもなり、噂はその日のうちに江戸じゅうへ広まった。

ただし、無縁坂下の住人たちには伝わらなかった。

翌日、慎十郎は薄明から起きだし、裸になって井戸の冷水を浴びて気合いを入れた。

「よし、やってやる」

上半身裸で「ぬえい、たあ」と、木刀を振りはじめる。

ただの木刀ではない。長さこそ定寸だが、鉄の鎖が巻いてある。

重さは三倍、技を磨くのではなく、人並み外れた膂力《りょりょく》を培うための道具だ。

「ぬえい、ぬえい」

慎十郎の掛け声は、尋常な大きさではない。

一町さきまで届き、苦情を言ってくる者もあった。

苦情はすべて、一徹が撥《は》ねつけた。

その点だけは偉いと、慎十郎はおもう。

「ぬえっ」

汗を散らしながら木刀を振っていると、道場のほうから咲の眼差《まなざ》しを感じた。

「おや、どうなされた」

素振りをやめて声を掛けても、こちらには目もくれず、軒を見上げて応じる。

「ふん、闇雲に木刀を振ったところで、糞《くそ》の役にも立たぬわ」

「糞とは、咲どののおことばともおもえんな」

「ならば、言いなおしましょう。屁《へ》の足しにもならぬと」

「ぬひゃひゃ、おもしろい。さては、お許しくださるのか」

「とんでもない。素振りをしすぎて腕がちぎれても、同情ひとついたしませぬ。無駄なことはやめて、柳橋でも何処でも行ってしまいなされ」

「やれやれ、まだ根に持っておられるのか。まいったな」

ほとほと困った様子の慎十郎を残し、咲は何食わぬ顔で道場をあとにする。

一徹が道場の奥から、のっそりすがたをみせた。

「咲は出稽古に行きおった。稼いでもらわぬことには、飢え死にいたすでな」

しばらくすると、表から、かぼそい娘の声が聞こえてきた。

「恐れいります。どなたか、おられませぬか」

門の陰から恐々《こわごわ》と首を差しだす娘は愛らしく、十六か七の町娘にもみえるが、しの字髷を柘植《つげ》の笄《こうがい》に巻いた髪形といい、黒木綿の着物に手綱染めの紗綾《さや》帯といい、風体は武家娘のものだ。

　一徹は真顔になり、胸を張った。

「わしに何か用かな」

「いいえ、ご隠居さまに用はござりませぬ」

と、娘はにべもなく言った。

「丹波咲さまに、お言付けがござります」

「なあんだ、咲に用か」

「はい。明巳《み》ノ刻（午前十時頃）、西ノ丸大奥の御年寄であらせられる霧島さまのもとより、お使者が参じます。ご用件は大奥参内のお願いにござりまする。先触れとして、そのことをお伝えにまいりました」

「え」

　一徹は絶句する。

　慎十郎が脇から口を挟んだ。

「何ゆえ、咲どのが大奥へ参じねばならぬ」

「演武をご披露いただきたくと、霧島さまのお言いつけです」

「お言いつけか。高飛車な態度だな」

　慎十郎に睨みつけられ、娘は泣きそうな顔になる。

「ご存じないのですか。昨日、芝居町の人形町大路にて、霧島さまは咲さまに白檀の扇子を賜りました」

「白檀の扇子か」

「はい」

慎十郎は、鼻をひくひくさせた。

何とはなしに、芳香が匂いたってくる。

娘は震える声で、それでもはっきりとわかりやすく、芝居町での経緯を語った。

「ふうむ、さような仔細《しさい》があったのか」

一徹はしきりに感心し、娘のはなしを反芻《はんすう》する。

「咲は木戸芸者を追いかけ、木戸芸者は狆を追いかけ、狆は巾着切を追いかけた。それで、咲は無礼討ちにされかけた木戸芸者の命を救ったわけじゃな。ふむ、隣近所に自慢できるはなしじゃ。されど、どうして黙っておったのかな」

「きまっているではないですか」

と、慎十郎が鋭く指摘する。

「咲どのはじつは芝居好きで、芝居を観にいった。それを、お師匠に知られたくなかったのですよ」

一徹の顔に、ぱっと赤味が差した。

「咲が芝居好きとは、驚き桃の木じゃわい。剣一筋とばかりおもうておったが、存外に幼いところがある」

「そんなふうに言われたくないのですよ、きっと」

「ふん、わかったようなことを言いよって」

嬉しそうな一徹を眺めていると、行く先々で孫娘の武勇伝を吹聴《ふいちょう》しそうだ。

慎十郎も誇らしいとはおもったが、正直、格別の感慨は湧いてこない。

自分もその場に遭遇したら、同じことをやったにちがいないからだ。

一徹は皺顔を差しだし、娘に向かって的外れな問いを口にする。

「狆はどうなった」

「え」

「金主のもとへ無事に戻ったのか」

「さように聞いております」

「ならば、巾着切はどうなった」

「性根を入れかえ、掏った財布を返したやに聞いておりますが」

「なるほど。咲のはたらきで、すべてがまるくおさまったわけじゃな」

「いかにも、仰せのとおりにござります」

娘は身内を褒められたように、誇らしい顔をする。

一徹は、にんまり微笑んだ。

「そなた、その場におったのか」

「いいえ。でも、芝居町での出来事を知らぬ方は、大奥にひとりもおりません」

「咲のこともか」

「もちろんです。どなたさまも、咲さまをひと目みたいと噂しあっておられます」

ぽっと頬を紅《あか》く染める娘は、横顔にまだ幼さを宿している。

「おぬし、名は」

「申しおくれました。廻船問屋五州屋吉兵衛の養女で、おもとと申します」

「五州屋と申せば、助六の金主ではないか。おぬし、金主の娘なのか」

「さようにござります」

「なるほど、それで使いに寄こされたのかもな」

一徹がうなずく横で、慎十郎はじっと考えこんでいる。

「五州屋の養女で、おもとか」

誰かの口から、確かに聞いた。

そういえば、霧島という名にも聞きおぼえがある。

「あっ、おもいだした」

膝を叩くと、おもとは子兎のように肩をびくつかせた。

「おぬし、菰の重三郎の娘であろう」

吼《ほ》えるように発した途端、子兎は仰天して腰から砕けおちた。

十三

二日後、二ノ丸大奥。

咲は白鉢巻に白襷《しろだすき》といった扮装で、中庭をのぞむ濡《ぬ》れ縁の端に佇んでいた。

対峙《たいじ》するのは大奥随一の巨体を誇る御末頭《おすえがしら》、おりつである。「男之助《おとこのすけ》」という通り名で呼ばれ、中奥でもその名を知らぬ者はいない。小笠原《おがさわら》流薙刀《なぎなた》術ならびに小野派一刀流の免状持ちでもあり、番士のなかでも対抗できる者はかぎられていた。

大奥に忍んだくせものを一刀のもとに成敗した武勇伝も持っている。生身の人間を斬ったことがあるという点では、男之助に一日の長があった。

無論、ふたりは刃《やいば》を合わせるわけではない。

あくまでも、武芸上覧なのだ。

今朝方、御城から丹波道場へ駕籠の迎えがあり、誘《いざな》われるがままに駕籠に揺られて大手門を抜けた。さらに、大手三ノ門を経て右手の北へ曲がれば、二ノ丸の銅《あかがね》門へたどりつく。銅門を潜《くぐ》ると御殿がひろがっており、本丸御殿石垣下にある白鳥濠《ぼり》には能舞台なども見受けられた。

広大な白洲のようなところを歩き、二ノ丸大奥へ導かれてからは、どのような経路をたどったのか、はっきりとおぼえていない。

しばらく控えの間で待たされ、白鉢巻に白襷といった身支度を整えた。

あらかじめ、演武の内容は告げてあったので、たとえば、演舞で使う徳川家伝来の名刀が用意されていた。

瞑目《めいもく》して待つこと、半刻《はんとき》ののち。

ようやくお呼びが掛かり、中庭をのぞむ濡れ縁に招じられた。

刀を帯びて進みでた瞬間、咲は驚いてことばを失った。

大広間いっぱいに、絢爛《けんらん》豪華な扮装の女たちが待ちかまえていたのだ。

「大御台《おおみだい》さまの御前です。ご挨拶を」

介添え役の奥女中が、そっと後ろから囁いた。

咲は両膝を落とし、平蜘蛛《ひらぐも》のように平伏した。

「苦しゅうない」

疳高い声を発した御仁は、花園の中心に座していた。

名は茂姫、大御所となった家斉の正室である。実父は薩摩《さつま》藩の元藩主島津《しまづ》重豪《しげひで》、養父は公卿《くぎょう》の近衛《このえ》経熙《つねひろ》。肌の色艶《いろつや》もよく、還暦を過ぎているとはおもえぬほど若々しい。隠居した家斉に従《つ》いて、昨年西ノ丸に移ってからは、女官たちに「大御台さま」と呼ばれている。

茂姫と微妙な間合いを保ち、お美代の方も控えていた。

尊大な態度を隠しもしない。みずからの孫にあたる前田家の男児を次期将軍に据えるべく、虎視《こし》眈々《たんたん》と狙っているのだ。

茂姫は側室の深謀遠慮を知りつつも、何ひとつ知らぬかのように泰然と構えていた。

そのかたわらに控え、西ノ丸大奥の実務を仕切っているのが、御年寄の霧島なのだ。

お美代の方や養父の中野碩翁からも、本丸大奥の御台所や側室たちからも、霧島は一目置かれている。

咲はそれほど身分の高い人物から気に入られ、御殿の奥向きに招かれたのであった。

咲は刀を、男之助は薙刀を手にしていた。

いずれも、真剣である。

刃を合わせるわけではないと聞いていたが、咲は異様なまでの殺気を感じていた。

最初に男之助が薙刀の型を披露し、つぎに咲が太刀で型をみせる。

真剣を使用するだけに、それなりの迫力は感じてもらえるはずだ。

「いざ、はじめませい」

行司役の女中が声を張った。

男之助はまんなかに躍りだし、薙刀を頭上に掲げる。

「へい」

鋭く気合いを発し、白刃を薙《な》ぎおとすや、冴えた空気がぴりりと震えた。

見物する女中たちのなかには、恐がって両手で目を覆う者もあったが、身分の高い者たちはどっしり構え、楽しんでいる様子もみえる。なかでも、男之助の実力を買っているお美代の方は、男之助が白刃を閃《ひらめ》かせるたびに、手を叩かんばかりに喜んだ。

咲の番になった。

足音を消してまんなかに進み、静かに抜刀するや、気合いすら発せず、上段の袈裟懸けを繰りだす。さらに、流れるような動きで中段の胴斬り、突き、下段の返しとつづけ、片膝立ちで納刀する。熟練者の目でみれば見事な型の披露であったが、派手さがないので素人目には物足りない。

「あいや、それで仕舞いかや」

お美代の方が、我が儘《まま》な台詞を口走った。

霧島を呼んで何事かを告げ、霧島がお美代の方の意向を茂姫に耳打ちする。

茂姫がじっくりうなずき、相談の内容が行司役にもたらされた。

「双方、前へ」

行司役に呼ばれ、咲は仕方なく進みでる。

「双方、申しあいをご覧に入れよ。得物はこれじゃ」

ふたりの手に、三尺（約九十一センチメートル）余りの木刀が手渡された。

「勝負は寸止めにてとりおこなう。覚悟はよいか」

有無を言わせぬ調子に、咲は面食らった。

どうして、こうなってしまうのか。

一刻も早く、この場から去りたい。

だが、拒める雰囲気ではなかった。

一方、男之助のほうは、我が意を得たりといった風情で不敵な笑みを漏らす。

最初から、そのつもりだったのかもしれない。

大奥の威信にかけても、町方の女剣士に負けるわけにはいかない。

男之助は全身に殺気を漲《みなぎ》らせ、びゅんびゅん素振りしはじめた。

「勝ったほうに褒美を取らせよう」

霧島が茂姫のことばを代弁するや、お美代の方も叫ぶ。

「男之助、負けるでないぞ」

日頃から可愛がってもらっているらしく、男之助は紅潮した顔でうなずいた。

咲は、顔色ひとつ変えない。

「いざ、立ちませい」

行司の合図で、双方は立礼から間合いを詰める。

「いえい」

男之助は八相に構え、大胆な足さばきで寄せてくる。

咲はゆったり青眼《せいがん》に構え、微動だにもしない。

「ぬう」

男之助の足が止まった。

免許皆伝だけあって、迂闊《うかつ》には打ってこない。

見物する女中たちは、固唾を吞んでいる。

業を煮やしたように、男之助が先手を取った。
「ぬえい……っ」
八相から二段突きを浴びせてくる。
これを躱《かわ》しもせず、咲はすすっと身を寄せた。
気づいてみれば、切っ先は男之助の太い咽喉の寸前で、ぴたりと静止している。
本来なら、ここで行司役の待ったが掛かる。
ところが、一拍遅れた。
ために、男之助は反撃の機を得た。
「小癪《こしやく》な」
――ぶん。
太刀風とともに、下段から猛然と薙ぎあげる。
咲は仰け反り、反転しながら相手の小脇を抜けた。
瞬時に脇胴を抜いたが、行司役はこれも見逃した。
男之助には、当然、わかっている。
すでに、二本取られたのだ。
焦りと怒りを倍増させ、我を忘れてしまった。

「ぬがっ」

咲を仕留める勢いで、木刀を真横に振りまわす。

「あっ」

女中たちは息を呑んだ。

男之助の木刀が、咲の華奢《きやしゃ》なからだを粉微塵《こなみじん》に砕いたとおもった。

しかし、咲のすがたはそこにない。

「げっ」

男之助が見上げる遥《はる》か高みに舞いあがり、大上段から木刀を振りおろしてくる。

「とあ……っ」

咲の気合いが、矢のように突きささった。

「ひぇっ」

男之助はおもわず、悲鳴をあげた。

頭蓋《ずがい》を割られる恐怖を味わったのだ。

刹那、咲の木刀は濡れ縁に叩きつけられた。

凄《すさ》まじい音とともに、塵芥《じんかい》が濛々《もうもう》と巻きあがる。

誰ひとり、咳きこむ者もいない。

みな、目を釘付けにされている。

無論、勝敗の行方はあきらかだ。

咲は一合も交えず、男之助の戦意を殺《そ》いでみせた。

濡れ縁には大きな穴が穿《うが》たれ、穴のそばにはまっぷたつになった木刀が粗朶《そだ》のように転がっている。

「あっぱれ、あっぱれじゃ」

我が事のように喜ぶ霧島のかたわらで、お美代の方がすっと立ちあがった。

衣擦れともども濡れ縁のまんなかへ歩を進め、何をするかとおもえば、蹲《うずくま》る男之助を足蹴《あしげ》にする。

「この恥掻《か》き者め」

厳しいひとことを残し、挨拶もせずにさっさと消えていく。

悔し涙にくれる御末頭のことが、咲は哀れでならなかった。

十四

老女霧島の部屋は、芳香に包まれている。

「安南《アンナン》国で産する伽羅《キャラ》です。沈香のなかでもっとも高価なものですよ」

局《つぼね》とも呼ばれる女中頭の村瀬は、ゆったりした口調で教えてくれた。

「伽羅のほかにも、羅国《ラコク》、真那伽《マナカ》、真南蛮《マナバン》、寸聞多羅《スモタラ》、佐曾羅《サソラ》とござります。六国《りっこく》五味《ご》と申しましてね、香木の産するところに応じて、香りもすべて異なるのです」

香りのちがいは甘い辛いといった味覚になぞらえ、香道ではこれを五味と称するらしい。

「たとえば、暹羅《シャム》に産する羅国はそこはかとなく甘い。真那伽は癖が無くて艶《なま》めき、真南蛮は甘さとしおからさが同居しております。寸聞多羅は酸味があり、天竺《てんじく》に産する佐曾羅は少し辛い。辛いという点では伽羅に似ておりますが、両者は似て非なるもの、伽羅は沈香のなかの沈香にほかならず、その優雅なること後宮《こうきゅう》の貴人のごとしと古来より喩《たと》えられております」

大奥でも身分の高い者たちは、袖《そで》を動かしただけでも良い匂いを放つ。

それは空薫物《そらだきもの》といって着物に香りを焚《た》きこめているからだと、咲は初めて知った。

ここは御殿女中たちの暮らす長局の一角、焼失した西ノ丸ではなく、二ノ丸のなかにある。建物は二階建てで部屋数は六つ、ほかに勝手と湯殿が付いており、全部で七十畳の広さはあった。御年寄はみな同等に、これだけの広さを与えられている。

部屋の主人である霧島は「旦那《だんな》」と呼ばれ、局の村瀬を筆頭にして部屋方は十三人いる。内訳は旦那の身辺の世話をする相の間が三人、使いの小僧が三人、それと炊事や洗濯といった雑用をこなす多聞が七人である。ほかに身分の高い旗本から預かった部屋子がふたり、禿頭《かむろ》で着飾った部屋子は将来の側室になるやもしれぬ子たちなので「お嬢さま」と呼ばれてだいじにされている。

髪を椎茸髱《しいたけたぼ》に結った村瀬の後ろには、ふたりのお嬢さまが行儀良く座っていた。

ふたりの眼差しは、香道具を納めた葵紋《あおいもん》入りの十種箱や漆器の香箱に注がれ、香元となって点前《てまえ》を披露する村瀬の優雅な所作に吸いよせられる。

咲も幼子たちと同様、物珍しい道具や所作に興味を惹《ひ》かれていた。

絹の地敷《じし》きのうえに置かれた四方盆には、七つ道具が納められている。

村瀬は手際よく、聞香炉《ききごうろ》のなかに灰と炭団《たどん》を入れ、まずは作法に則《のっと》って灰の小山をつくった。火筋《こじ》や灰押《はいおし》といった道具で灰を切ったり、築いた山形を整え、香炉の縁についた灰は羽箒《はねぼうき》で丁寧に掃除する。

つぎに、先端の平たい鋏《はさみ》を使い、銀葉という雲母《うんも》の板を香炉に載せた。

さらに、紙ほど薄く切った香木を、香匙《こうすくい》を使って銀葉のうえに載せる。

あとは熱して香りを発散させればよいのだが、熱加減の調整が難しい。

銀葉を灰のうえで押しながら、村瀬は根気よく調整する。

熱が伝わりすぎれば、香木の樹脂から煙が出てしまう。至福の香りを楽しむには、熱加減が強すぎても弱すぎてもいけない。そのあたりの調節は難しく、経験がものをいう。

村瀬は香炉を左手で外側にまわし、右手を筒のようにして香炉を覆った。

鼻を近づけ、香を聞く。

嗅ぐとは言わず、聞くというのが、香道独特の言いまわしであった。

「よいでしょう。さあ」

咲は促され、村瀬のまねをして右手で香炉を覆う。

鼻を近づけ、嗅いでみる。

いや、聞いてみる。

「ほう」

うっとりするような香りだ。

つづいて、部屋子たちがまねをする。

ふたりとも香りを聞き、満足げにうなずきあう。

「ほほほ。そなたたちにもわかるのかえ」

村瀬が袖で口を覆って笑った。

「香を聞けば、五感が鬼神のように研ぎすまされます。心身を浄化し、穢《けが》れを除く効き目もある。眠気を去らしめ、独り寝の淋《さび》しさを紛らわすこともできましょう。忙しいときはゆったりとした心持ちになり、少ない量でも充分に香気を放つ。香りを長く保つこともでき、常用してもからだに悪いことはありません。こうした効用は香十徳と申しましてね、古くから香道に伝わる教えなのですよ」

きめられた作法のもとに香木を焚《た》き、香りを楽しむ。あるいは、季節に応じて香席を設け、和歌や漢詩と結びつけて香りを聞きわける。聞香や組香《くみこう》といった貴人の遊びがあることは、咲も知っていた。だが、茶道や華道と同じに「道」として扱われ、いくつかの家元があり、京洛《きょうらく》の公家衆《くげしゅう》が身につけねばならない素養であることまでは知らなかった。

「香木には、沈香と白檀があります」

村瀬によれば、沈香は安南や暹羅にしかない沈丁花《じんちょうげ》科の香木で、香気を放つ樹脂の部分だけが重くなって水に沈むことから「沈香」と命名されたのだという。

一方、白檀とは天竺に産する稀少《きしょう》な香木のことであった。

「栴檀《せんだん》は双葉より芳し。発芽のときから香気があるように、大成する者は幼いときから優れていることの喩えです。梅檀とは白檀のこと。沈香のように焚かずともよく香る。ゆえに、ほとけさまを彫るのにこの木が使われます。あなたが霧島さまから賜った扇子も白檀でしたね」

「はい」

男之助に勝ったあと、咲は強烈な咽喉の渇きをおぼえた。

やはり、過度の緊張を強いられていたのだろう。

茂姫から頂戴した賞賛のことばも、時服《じふく》の褒美を賜ったことさえも、はっきりとおぼえていない。

満足げにうなずいた霧島は千鳥の間にあり、夕刻まで戻ってこない。

月番の御年寄は毎朝四つ（午前十時頃）に千鳥の間へおもむき、表使《おもてづかい》や御右筆《ごゆうひつ》を呼んで用事を申しつける。煙草盆をわきに置き、座ったまま少しも動かずに裁定をおこなったり、さまざまな指示を出すのだという。

主人のいない部屋では、村瀬が気を遣い、香を焚いて気持ちを慰めてくれていた。

一服ついたところで、咲は厠に立った。

そこで、娘の啜《すす》り泣きを耳にした。

厠の裏手へまわってみると、娘がひとり屈んで嗚咽《おえつ》を漏らしている。

咲は足を忍ばせて近づき、そっと背中に声を掛けた。

「大丈夫、どうして泣いているの」

娘は顔をあげ、こちらを振りむいた。

片方の頬が赤く腫《は》れている。

「誰かに張られたの」

「は、はい」

「どうして」

「あやまって水桶をひっくり返したんです」

「水桶を」

せっかく苦労して汲んだ水を廊下にぶちまけ、古参の多聞に折檻《せっかん》されたのだという。

「ひどいことをする」

「いいえ、間抜けだからいけないんです」

「わたしは、丹波咲と申します」

「存じております。木戸芸者の命を救ったお強い方ですよね」

娘は瞳《ひとみ》を輝かせた。

「あなた、名は」

「れんと申します」

日本橋本町《ほんちょう》三丁目の薬種問屋、大和屋勘八《やまとやかんぱち》の養女らしい。

大和屋は薬種問屋だが、主に沈香を扱っていると聞き、咲は身を乗りだした。

「村瀬さまが焚かれた香、あれはもしや」

「はい。実家からご献上申しあげた品です」

おれんを大奥へあがらせたことで、大和屋は幕府御用達のお墨付きを得た。それもつい、数日前のことだという。それまでは、池之端の鳩香堂から沈香を仕入れていたが、何かの事情があって鳩香堂は出入御免となった。

替わりに御用達となった大和屋は間口を倍に拡げるほどの大店《おおだな》となったが、その陰でおれんは過酷な雑用を強いられている。

大奥奉公も見るのと聞くのとではおおちがいだと、咲はおもった。

「折檻は初めて」

おれんは、弱々しく首を振る。

ほとんど毎日、いじめられているらしい。

だからといって、奉公を辞めて実家に戻れなどと、無責任なことも言えない。

咲はおれんを促し、控え部屋に戻っていった。

香の焚かれた部屋へとつづく廊下で、咲は足を止める。

高い葛籠《つづら》天井を見上げると、鋲打ちの駕籠が吊りさがっていた。

「あれは」

「霧島さまのお駕籠にございます」

身分の高い奥女中の乗る駕籠は天井から吊されており、出掛けるときだけ陸尺役の御末たちが大挙してやってくるのだという。

「驚かれましたか」

「いささか」

「わたしも最初は、びっくりしてしまいました」

おれんは、はじめて笑った。

可愛らしい笑顔のなかに、秘めた淋しさがある。

何か言いたそうにしたが、口をきゅっと閉じた。

「さあ、まいりましょう」

おれんは気を取りなおし、みずから咲を誘った。

吊された駕籠のしたへ、一歩踏みこむ。

と、そのとき。

突如、殺気が膨らんだ。

「危ない」

おれんは叫び、咲に抱きつく。

猫のような身のこなしだ。

何でと、考える暇もなく、ふたりは抱きあったまま、板間に倒れこむ。

と同時に、天井から駕籠が落ちてきた。

「うわっ」

凄《すさ》まじい音とともに、粉塵《ふんじん》が舞いあがる。

「……むぐっ」

咲の右足は、倒れた駕籠の棒黒と板間のあいだに挟まっていた。

手で棒黒を除けようとしたが、重すぎてびくともしない。

横倒しになった駕籠の重量ごと、のしかかっているのだ。

おれんは咲の胸のしたで、じっと眸子を瞑っていた。

昏倒《こんとう》したようだが、怪我《けが》はなさそうだ。

咲は痛みを怺え、声を張った。

「……誰か、誰か」

助けを呼ぶまでもなく、村瀬をはじめ部屋方たちが駆けよせてきた。

「あ、丹波どの」

村瀬の指図でみなが力を出しあい、ようやく棒黒が除かれた。

咲の足は無残にも赤く腫れ、血が滲んでいる。

どうやら、臑《すね》の骨が折れてしまったらしい。

おれんに抱きつかれていなければ、頭蓋を砕かれていたかもしれなかった。

おかげで命拾いしたのだとわかった途端、冷や汗が吹きだしてくる。

「案ずるにはおよびません。わたしのことより、おれんどのを」

怪我は負っておらずとも、心に恐怖を植えつけられたはずなので、そちらのほうが心配だった。

落ちついたら、命を救ってもらったお礼をしなければ。

咲は胸の裡《うち》で何度も「ありがとう」と繰りかえす。

適当な大きさの板を貰って臑にあてがい、裂いた手拭《てぬぐ》いで縛りあげた。

「くぅ……っ」

激痛に気を失いかけたが、どうにか怺えて片足で立ち、天井を睨みつけた。

鋲打ち駕籠を吊っていた紐《ひも》の切れ目がみえる。

堅固な紐が四ヶ所とも、すっぱり切れていた。
あきらかに、刃物で断ったあとだ。
天井の片隅には、どす黒い念のようなものがわだかまっている。
だが、人の気配はない。
どっちにしろ、何者かが手を下したのだ。
多聞のおれんか、咲か、どちらかの命を狙ってやったにちがいない。
いったい、誰が。
忍びであろうか。
廊下に踏みこんだときも、不穏な空気を察することはできなかった。
天井に張りつき、何者かが息を殺していたのだ。
御広敷の伊賀者なら、そうした芸当もできよう。
それにしても、なぜ。
いくつもの問いが、混乱した頭を駆けめぐる。
額には脂汗が浮かんできた。
気づいてみると、背後に村瀬が幽霊のように立っている。
「丹波どの」

はっとして、振りむいた。

「お顔が真っ青ですよ。傷は痛みますか」

「い、いえ」

「痩せ我慢はおよしなされ」

村瀬は、能面のような顔で囁く。

「丹波どの。ひとことだけ、ご注意申しあげておかねばなりません」

「何でしょう」

「今日のことは、くれぐれも口外なされませぬよう」

一瞬、村瀬の顔が般若《はんにゃ》にみえた。

咲はうなずきつつも、大奥の深い闇を覗いたような気がした。

富春《フースアン》の伽羅《キャラ》

一

卯月《うづき》を迎えた。

一徹は金もないのに「初鰹《はつがつお》が食いたい」とばかり言っている。

鰹は無理でも、せめて近海の新鮮な魚でも食べさせてやりたいとおもいたち、慎十郎は重い木刀を抛《ほう》りだした。

「おう、そうじゃ。釣りにでも行ってこい」

鬱憤晴《うっぷんば》らしにもなるだろうと尻《しり》を叩《たた》かれ、慎十郎は釣り竿《ざお》を担ぐ。

たまさかそこに、棒手振《ぼてふ》りの度胸太助が顔を出した。

鰹は携えておらず、がっかりした一徹に命じられ、太助も釣りにつきあわされるはめになった。

「太助よ、今は何が釣れる」

「そりゃ、鱚《きす》でやしょう」

鱚釣りは江戸者の好む上質な遊びのひとつと聞き、慎十郎は少し興味を惹《ひ》かれた。

春雨が田畑を潤し、黒土に覆われた野面《のづら》が温気を吐きだすころ、江戸湾の鱚は深間から浅瀬へ子を産みに近寄ってくる。その鱚を狙って太公望《たいこうぼう》たちは、未《ま》だ明け初めぬうちからいそいそと芝浜《しばはま》や品川沖へ繰りだす。

波除稲荷《なみよけいなり》で知られる築地の鉄炮洲《てっぽうず》もまた、鱚釣りの穴場としては外すことのできないところだ。

日の出前の仄暗《ほのぐら》い空のした、浅瀬には何台もの脚立《きゃたつ》が据えられ、てっぺんに鎮座した太公望たちは木像のように微動だにもしない。

鱚はきわめて臆病《おくびょう》な性分なので、江戸では小舟を使わぬ脚立釣りが考案されたそうだが、釣りというよりも苦行のようにみえ、瀬戸内《せとうち》の大らかな海原に育《はぐく》まれた慎十郎にとってはまことに珍妙な光景だった。

「気忙《きぜわ》しい江戸者は脚立釣りなんぞやらねえ」

艫《とも》で艪《ろ》を操る年嵩《としかさ》の船頭が、小莫迦《こばか》にしたような眼差《まなざ》しを浜に向ける。

「ありゃ、お城勤めか江戸勤番のお侍《さむれ》えたちさ。どうせ、三日に一度出仕すりゃいいんだ。暇を持てあましてやることといったら、ぼけっとしながら釣り糸を垂れるくれえのもんよ。ふん、お気楽なこったぜ」

海猫《うみねこ》が止まっても動きそうにない人影を遠望し、慎十郎は深々と溜息《ためいき》を吐《つ》いた。

すでに一刻《いっとき》（約二時間）余り、凪《な》ぎわたった海原に小舟を遊ばせている。

釣果はない。

釣り糸はぴくりともせず、焦《じ》れったさを通りこして腹が立ってくる。

「くそっ」

丹波道場から出てくる際、一徹に向かって「晩のおかずはご心配なきよう」などと、自信たっぷりに言いおいてきた。そばにいた咲は鼻で笑ったが、坊主で帰ってくるのを予期していたのかもしれない。

「口惜《くや》しいな」

咲には剣でも負け、口でも負け、得意の手料理で少しは見返してやろうと考えたが、肝心の魚が釣れねばはなしにならない。

咲は大奥に招かれ、とんだ災難に遭った。天井から落ちてきた鋲《びょう》打ち駕籠《かご》の下敷きになり、臑《すね》の骨を折ったのだ。本人の口から詳しい情況はいっさい語られることもなかったが、松葉杖《まつばづえ》をついて歩くすがたは痛々しげで、せめて美味《うま》い魚でも食べさせてやりたいともおもった。

ささやかな願いも、叶いそうにない。

そもそも、魚心も読めぬようでは、日の本一の剣士になることなど、夢のまた夢であろう。

咲の渋面を頭に浮かべ、慎十郎はうたた寝をしてしまった。

口をむにゃむにゃさせていると、太助に肩を揺すられる。

「……慎さん、起きてくれ」

船頭は眸子《まなこ》を瞠《みは》り、海面を睨《にら》んでいた。

くんと、釣り糸に引きがある。

「おっ、掛かったぞ」

魚にしては重すぎた。

「お、何だあれは」

灰色の波間に、紅衣が漂っている。

慎十郎は釣り糸を引き、太助は紅衣を手繰りよせた。

「嫌な予感がするぜ」

船頭は櫂《かい》を抱え、水底を探る。

白いものが、ぷっかり浮かんできた。

「うっ」

三人とも声を失う。

全裸の屍骸《むくろ》だった。

黒髪が櫂に絡みつく。

「娘だ。まだ若《わけ》えぞ」

と、太助が吐きすてた。

慎十郎は娘の足首を摑《つか》み、ぐいっと引きよせる。

「ん、もうひとりいるぞ」

「げっ」

娘の手首には腰紐《こしひも》が巻かれており、腰紐はもうひとりの手首と繫《つな》がっていた。

腹をみせて浮かんできた別の屍骸も、透きとおるほど肌が白い。

「優男《やさおとこ》だな。慎さん、ひょっとしたら心中じゃねえのか」

「邪推はあとだ」

慎十郎は腕捲《うでまく》りをする。

「おいおい、引きあげるってのか。勘弁しろ」

泣きそうな顔の船頭から、慎十郎は櫂を奪った。

有無を言わせず、舟板にふたつの屍骸を引きあげる。

「どれ」

裸体を調べてみると、存外に傷みは少ない。

死後それほどは経過していないようだ。

「慎さん、ほら、日の出だよ」

「お、そうか」

いつのまにか、小舟の舳《みよし》は沖へ向いている。

東涯の水平線が燦爛《さんらん》と輝き、朝陽《あさひ》が昇ってきた。

息を呑《の》むような光景だ。

鉛色に沈んでいた波は幾重にも蒼《あお》い層を成し、海原は忽然《こつぜん》と生気を吹きこまれたようにに躍りだす。

眩《まばゆ》い光の束を浴び、屍骸の肌はいっそう白くみえた。

「身投げじゃねえな」

船頭の言うとおり、ふたつの屍骸は首筋が黒々と変色している。

「男が女に無理心中を持ちかけ、首を絞めて殺《あや》めたのかも」

太助は勝手に筋を描いたが、慎十郎は首をかしげた。

「それなら、男の首は誰が絞めたんだ。まさか、自分で絞めたわけではあるまい」

心中にみせかけた殺しだなと、慎十郎は見抜いた。

それにしても、哀れなすがただ。

黒髪の貼りついた女の顔は口をへの字に曲げ、能面でもかぶっているかのようだ。

「この世の恨みを抱えて旅立った。そんな面つきだな」

と、船頭も溜息を吐く。

「おや」

きつく握られた女の右手から、布切れのようなものがはみだしていた。

一糸纏《まと》わぬすがたで、それだけを握っている。

「何だろう」

慎十郎は遺体に手を伸ばし、固まった指を一本一本、古傘の骨でも折るように開いていった。

「あっ、お守りじゃねえか」

太助の台詞《せりふ》を、船頭が接《つ》いだ。

「玉池稲荷とあるな。そいつはひょっとして、神田のお玉ヶ池にあるお稲荷さんのことじゃねえのか」

お玉ヶ池には、北辰一刀流の総本山ともいうべき玄武館がある。

たしかに、立派なお稲荷さんがあったなと、慎十郎は合点した。

「可哀想に、お守りの効験は無かったわけか」

太助と船頭は両手を合わせ、経を唱える。

そこはかとなく、芳香が漂ってきた。

「おや」

鼻を近づけてみると、お守りから匂いたっている。

水に濡《ぬ》れたにもかかわらず、香りをしっかり放っていた。

「貴人の匂いがするぜ」

太助も気づいていた。

慎十郎はいちどだけ、これと同じ匂いを嗅《か》いだことがある。

「匂い袋だ」

袖口《そでぐち》に忍ばせていたのは、身分の高い武家の娘だった。

「静乃」

その名を口にしただけで、甘酸っぱい心地になる。

四年前、慎十郎は十六で初めて恋をした。たった一度しか会ったことのない十三の娘に恋心を抱いたのだ。

相手は龍野藩江戸家老の孫娘、静乃だった。

幼い時分に双親《ふたおや》を病で亡くし、祖父のもとで育てられた。無論、そのような素姓は知る由もなかったし、そもそも、龍野藩の江戸家老が赤松豪右衛門という姓名であることでさえ、慎十郎は知らなかった。

静乃は江戸の藩邸内に暮らしており、ひと春を豪右衛門と故郷で過ごすべく静養にきていた。侍女と花摘みに出掛けた裏山で、不運にも山賊どもに襲われたのだ。たまさか通りかかった慎十郎が膂力《りょりょく》にものを言わせ、立木の太い枝を刀代わりに振りまわし、十余人からの山賊をひとり残らず叩《たた》きのめしてやった。

名乗らずにその場を去ったのち、すぐさま所在を突きとめられ、城下にある江戸家老の大きな屋敷へ呼びつけられた。慎十郎は豪胆にも、豪右衛門を面前にして「褒美なぞいらぬ」と応じた。さらには、体面が立たぬゆえ好きなものを所望せよと命じられ、臆面《おくめん》もなく「姫をくれ」と言ってのけた。

――無礼者。

豪右衛門は顔を真っ赤にし、腰の刀に手を掛けた。

斬れるもんなら斬ってみろ。と、そんな顔で睨みつけたのをおぼえている。豪右衛門は家来たちから羽交い締めにされ、刀を抜くこともできずに口惜しそうだった。

あれほど痛快なはなしもない。江戸家老を虚仮《こけ》にしてやったのだ。

一度きりしか出会っていないにもかかわらず、慎十郎は今でも静乃の面影を追っていた。目鼻立ちの印象は薄れてしまっても、匂い袋の芳香だけは今でも忘れられない。

「こいつは伽羅《キャラ》だ」

「何だい、そいつは」

太助に聞かれても、渡来品の高価な香木としかこたえられなかった。

ともあれ、首を絞められた娘は香木の切れ端をお守りに忍ばせていた。

お守りをたどれば娘の素姓はわかるかもしれないと、慎十郎はおもった。

「けっ、とんだ魚が掛かっちまったぜ」

船頭は肩をすくめ、縁起でもない台詞を漏らす。

太助が「あっ」と声をあげた。

「慎さん、その男、知っているかもしれねえ」

「誰だ、言ってみろ」

「浦田甚五郎っていう歌舞伎役者だよ」

「ふうん、歌舞伎役者か」

「人気者の立役でね、つい先日、江戸からすがたをくらましたって聞いたけど、こんなところに沈んでいやがった」

太助は遺体の顔を穴が開くほどみつめ、首をかしげた。

「別人かもしれねえな。それにしても、よく似てらあ。たぶん、咲さまなら、甚五郎かどうかすぐにわかるはずさ」

「どうして、咲どのが」

「無類の芝居好きだからね」

「ほほう。咲どのはやはり、芝居好きなのか」

「いけね、余計なことを喋《しゃべ》っちまった」

太助はぺろっと舌を出す。

香木入りのお守りを握った娘と歌舞伎役者らしき優男、そのふたりが心中にみせかけて何者かに殺められた。

いったい誰に、どんな理由で殺められたのか。

探って仇《あだ》を討ってやれと、天から命じられているような気がした。

信心深い人間でなくとも、この広い海原で屍骸を釣りあげたことの意味を考えざるを得ない。

沖の空は不吉にも、一面の朝焼けに染まっている。

「そろりと戻りやしょう。旦那《だんな》方も漕《こ》ぐのを手伝ってくれ」

憔悴《しょうすい》しきった船頭に命じられ、慎十郎は櫂を握りしめる。

小舟は沈みそうになりながら、脚立の林立する浅瀬に舳を向けた。

二

芝口。

龍野藩の下屋敷には、海水を引きこんで築いた瓢簞池《ひょうたんいけ》がある。

石動友之進《いするぎとものしん》は落ちつかない心持ちで、赤松豪右衛門の帰りを待っていた。

落ちつかない理由は、孫娘の静乃が下屋敷の家老宅に起居しているからだ。

ひそかに恋情を寄せている。

だが、静乃の気持ちは別の相手にあることも知っていた。

「慎十郎め」

一度、静乃から文を託されたことがあった。いけないこととは知りつつも、文を開けてみるとそこに「もういちど逢《あ》いたい」と記されていた。

文面に目を通した途端、口惜しすぎて吐き気をおぼえた。

慎十郎の父慎兵衛は剣の師にほかならず、ふたつ年下の慎十郎は道場で鎬《しのぎ》を削《けず》った仲だ。激しい稽古《けいこ》でおたがいに剣技を高めあったが、心を通じあえるほどの仲ではなかった。

ひとつには、恩師の息子だからであろう。息子だからといって父親に甘やかされることはなく、むしろ、辛《つら》く当たられていたような気もするが、やはり、毬谷道場に伝わる円明流の秘技を授けられるのは毬谷家の血を継いだ者でなければならない。

友之進のなかで、血統を継ぐ者への嫉妬《しっと》が渦巻いていた。

さらにもまして、慎十郎の型破りな性分を甘受することができなかった。

十を超えたばかりで六尺竹刀《しない》を軽々と使いこなし、ぎらついた眸子で周囲を圧していた。喜怒哀楽の振幅が極端に大きく、突きぬけた青空のごとく朗らかに嗤《わら》ったかとおもえば、野に放たれた虎《とら》のように怒りくるう。無頓着《むとんちゃく》と繊細さが同居し、よく言えば豪放磊落《ごうほうらいらく》で奔放だが、悪く言えば自分勝手で周囲の迷惑を顧みない。

慎十郎という男の底知れぬ大きさに圧倒され、友之進は萎縮《いしゆく》している自分が嫌でたまらなかった。

それゆえ、江戸勤番を命じられたときは狂喜した。慎十郎の呪縛《じゆばく》から逃れられるとおもったのだ。ところが、慎十郎は邪道の雖井蛙《せいあ》流を修めて藩を出奔し、江戸へやってきた。そのことを知ったとき、何とも言いようのない気持ちになった。それだけではない。豪右衛門から「毬谷慎十郎をして、世に蔓延《はびこ》る悪辣《あくらつ》非道な輩《やから》を成敗させる」との考えを告げられ、げんなりとしたのをおぼえている。

あいつなら、きっとやり遂げるにちがいない。

おもったとおり、慎十郎は難しい役目をやり遂げた。

強敵と目された黒天狗の首魁《しゆかい》を、一刀のもとに葬ってみせたのだ。

友之進は豪右衛門に命じられ、悪党成敗の役目を負わせるべく、居所の定まらぬ慎十郎を苦労して捜しだした。面白くもない連絡《つなぎ》役をやらされ、渋々ながら役目は果たしたものの、静乃から預かった文だけは渡すことができなかった。

四年前、故郷の龍野でたった一度出逢ったきりの相手を、江戸家老の孫娘は恋慕している。そんなはなしを易々《やすやす》と伝えるほど、お人好《よ》しではない。

だが、一方では、姑息《こそく》な自分にほとほと嫌気がさしている。

ふたりを逢わせてはいけない。結びつけたくないという強いおもいが、情けない行動を取らせた。

おれは、武士の風上にも置けぬ男だ。

そのことが澱《おり》となり、友之進の気持ちを萎《な》えさせる。

「あいつ」

むかしっから、そうだった。

藩籍を失ったところで、何ひとつ変わらない。

毬谷慎十郎は毬谷慎十郎でありつづけ、関《かか》わった者すべての心を攪乱《かくらん》する。

「こたびの件もそうだ。なぜ、あいつが顔を出すのだ。くそっ」

友之進は正座したまま悪態を吐き、拳《こぶし》をぎゅっと握りしめる。

やがて、襖《ふすま》が音もなく開き、白髪の豪右衛門があらわれた。

「友之進、待たせたな。鉄炮洲沖でみつかったほとけ、どうであった」

「は。残念ながら、大林主水《おおばやしもんど》の妹、れんに相違ございませんでした。心中にみせかけた殺しです」

「さようか」

「失踪人《しっそうにん》の届け出を早々に提出しておりましたので、町奉行所のほうでも素姓を照らしあわせてみたのでしょう」

北町奉行所から急の呼びだしが掛かり、友之進は鉄炮洲沖に浮かんだ遺体の身元を確認してきたのだ。

「おれんの兄には、手前のほうから」

「伝えてくれるか。わしも悔やんでおったとな。役目のうえでのこととは申せ、嫁入り前の妹を城の闇《やみ》へ送りこんでしもうた。わしも責めを負わねばならぬ」

「武芸百般に通じ、忠心も厚いおれんを推挙したのは、拙者にござります。責めを負うべきは、拙者にござります」

豪右衛門は首を振り、ふっと溜息を吐く。

「大林主水なる者、番方のなかでも飛びぬけて剛の者と聞いておる。しかも、横目付をやっておったそうじゃの。されば、密命に危険がともなうことは承知しておったはず。けっして、おぬしを責めはすまい。むしろ、妹の死を名誉の死と受けとめてくれよう」

それが辛いのだ。責められないことが辛い。

大林は双親と早くに死別し、妹とふたりで暮らしていた。妹の白無垢《しろむく》をみることが夢だと言い、嫁を貰《もら》おうとしなかった。横目付のころはずいぶん世話になり、探索のいろはを教えてもらった。優しすぎる性分が災いして、非情な役目には不向きに感じられたが、今でも感謝している。

そんな大林に、大奥探索という難しい役目を引きうけてくれる者はいまいかと相談を持ちかけた。妹のおれんを想定していなかったといえば嘘《うそ》になる。まさか、こんなことになろうとは考えもせず、ほんの三月ほど役目をまっとうしてくれれば、出世して禄《ろく》も倍になると、大林に告げた。

すべては、豪右衛門の心証を良くするためであった。

おまえは役に立つ。有能な側近だと言われたいがために、心から信頼を寄せる大林主水の妹を犠牲にした。

自分への言い知れぬ怒りは、空虚なものへと変わりつつある。

こんな気持ちになっても、おれは今の地位を失いたくないのか。

自問自答していると、豪右衛門の嗄《しわが》れた声が聞こえてきた。

「友之進よ。大林のためにも、一刻も早く下手人を挙げねばならぬぞ」

「は」

畳に両手をつき、くいっと顔をあげる。

「やはり、霧島の手の者にやられたのでしょうか」

「それ以外には考えられまい。歌橋さまも申されたとおり、霧島の部屋では夜な夜な賭《か》け香が催されておった」

「おれんはおそらく、悪事の証拠を摑《つか》んだのです。それゆえに消されたとしかおもえませぬ。じつは、賭け香以外にも気に掛かる報告がござりました」

「何じゃ」

「は、この半年で部屋方の多聞《たもん》が四人も消えたそうです」

「消えたとな」

「娘たちの実家に聞きまするると、四人はいずれも神隠しに遭ったと、霧島の部屋頭から同様の説明を受けたそうです」

「消えた四人の行方は」

「皆目。ただ、死んだおれんのはなしでは、香木と何らかの関わりがあるとのことでした。確実な証拠を摑むので今少し待っていてほしいと、おれんは拙者に約束してくれたのです」

「だが、今一歩のところで敵に勘づかれた」

「はい」

友之進は折れかかった気持ちを、必死に立てなおす。

「ともに鉄炮洲沖でみつかった男は、霧島のもとへ忍んだ歌舞伎役者とおもわれます。焼け死んだとおもわれる浦田甚五郎に顔がそっくりでした。おおかた、霧島の伽《とぎ》をやらされていたのでしょう。飽きられ、心中のかたわれにさせられたものと」

「事実なら、惨《むご》いはなしじゃ」

「おれんは、劫火《ごうか》に巻かれて行方不明となった多聞の行方も捜しておりました」

「おるいとか申す香木商の娘のことか」

「いかにも」

歌橋からも捜してほしいと依頼されたが、いまだに手懸かりは摑めていない。

主君の安董が直《じか》に受けたはなしでもあり、豪右衛門としても焦りは募るばかりのようだった。

「かえすがえすも、おれんの死が悔やまれるわい。なれど、ここで引きさがるわけにもまいらぬ。新たな間諜《かんちょう》を送りこまねばなるまい」

「は」

友之進は戸惑いつつも、声を震わせた。

「ひとつ、お耳に入れたきことが。鉄炮洲沖でおれんの死体をみつけたのは、かの毬谷慎十郎めにござります」

「何じゃと」

豪右衛門は眸子を丸くする。

友之進は憎々しげに吐いた。

「あやつ、釣り舟に揺られておったとか」

「ふうむ」

「さらに、もうひとつございます」

「なに、まだあるのか」

「は。慎十郎が身を寄せる丹波道場の孫娘も、つい先日、大奥へ招かれました」

芝居町で霧島に出逢い、二ノ丸大奥で武芸を披露した経緯を告げると、豪右衛門は低く唸《うな》った。

「ふうむ。よほど縁があるとみえる。いっそ、あやつらを使ってみるか」

「使うとは、どのように」

「おぬしがそれを考えよ」

墓穴を掘ったとおもった途端、老獪《ろうかい》な江戸家老の瞳《ひとみ》がきらりと光った。

三

無縁坂下、丹波道場。

不謹慎にも、一徹は笑った。

「鰭のかわりに、ほとけを釣りあげるとはな。笑えぬはなしよ」

と言いながらも、入れ歯をかたかた鳴らして笑う。

「吉と凶をまとめて呼びよせる。おぬしらしいな」

慎十郎は皮肉を聞きながし、道場の奥を覗《のぞ》きこむ。

「咲はおらぬぞ」

「出稽古《でげいこ》ですか」

「いいや、晩のおかずを買いだしにいったのだわ」

「あの足で」

松葉杖をついていったと聞き、申し訳ない気持ちになる。

「情けない面をするな」

「はあ」

　魚が釣れぬくらいで気落ちする性分ではないが、ふてぶてしさは影をひそめ、溜息ばかり漏らしている。

「咲どのはまだ、柳橋の一件を怒っているのでしょうか」

「そりゃそうじゃろう。炊いたことのない赤飯まで炊いて、おぬしの帰りを待っておったのじゃからな」

　小伝馬町の牢屋敷《ろうやしき》門前で百敲《たた》きにあったのち、菰の重三郎に誘われ、柳橋の料亭で芸者遊びをした。それもこれも、納屋《なや》役人に腹を立てたところからはじまった。すべてはみずから招いたことだ。

「身過ぎ世過ぎを学ぶがいいさ。何かにつけて腹を立て、お上《かみ》の権威に抗《あらが》うばかりが能ではあるまい」

　指摘のとおりだが、どうにも釈然としない。身過ぎ世過ぎをおぼえるくらいなら、いっそ抗って刑場の露と消えたほうがましだ。

「少しは頭を冷やせ」

　何やら窮屈な気分だ。しばらく江戸を離れ、廻国《かいこく》修行の旅にでも出ようかとも考えたが、逃げだしたとおもわれたくはなかった。

「咲はおぬしを避けておる。ありゃ、好きか嫌いかのどっちかじゃな」

一徹は目糞《めくそ》をほじくり、他人事《ひとごと》のようにつぶやく。

嫌われているのだと、慎十郎はおもった。

「そうおもうなら、好かれるように努力せよ。何事も前向きに考えることが肝要じゃ。さすれば道も拓《ひら》けよう」

島田虎之助との申しあいに関しては、正式な断りをまだ入れていないらしい。

そのことだけは、感謝せねばなるまい。

「申し訳ありません」

「わしとて、虎と虎の勝負をこの目でみたいでな」

一徹は眸子を細め、はなしをするっと変えた。

「それで、釣りあげたほとけは、番屋に預けてきたのか」

「ええ、太助もそうするしかないと申しました」

預けたはいいが、ぞんざいな役人どもの態度に辟易《へきえき》させられた。

「娘の身元を割りだし、遺族に形見を渡してほしいと頼んだところ、屍骸はすぐに腐るし、形見もどうせ燃やすだけだから、渡したけりゃ自分で渡せと、冷たく突きはなされました」

「それで、稲荷のお守りを携えてきたのか」

「はい」

「困ったやつじゃのう。死人《しびと》の魂まで運んできおって」

「されど、捨てるわけにもまいりませぬ」

「身元がわからぬときは、どうする」

「梓巫女《あずさみこ》にでも供養を頼みますか」

「愚か者め」

傍でみていると、ふたりは戯れあっているかのようだ。

夕陽が大きく西にかたむいたころ、棒手振りの太助が手ぶらであらわれた。

「慎さん、女の身元がわかったよ」

「お、そうか」

「名はおれん、日本橋本町三丁目の大和屋っていう薬種問屋の養女でね、何とつい先だってまで大奥にあがっていたらしい」

「大奥に」

「そうさ。だけど、詳しいことはわからねえ。お守りを返《け》えしてえんだろう。行ってみるかい、大和屋に」

「よし」

慎十郎は尻《しり》を持ちあげ、重そうに足を引きずった。

大和屋のおれんという名は、一徹の口から咲の耳にもたらされるだろう。

咲が受ける衝撃の大きさなど、このときの慎十郎は知る由もなかった。

四

あたりは、すっかり暗くなった。

太助と訪ねた大和屋では、主人《あるじ》の勘八に迷惑そうな顔をされた。

通夜の支度もできておらず、死者を迎えるような雰囲気もない。

養女が悲惨な死に方を遂げたというのに、家人からも悲しい様子は伝わってこなかった。

「なぜだ」

その理由を尋ねても、勘八は重い口を開こうとしない。

厳しい顔で「なにせ、預かった娘ですから」と繰りかえすばかりで、面倒臭げに薄笑いを浮かべた狐《きつね》顔を引っぱたきたくなった。ところが、慎十郎が龍野藩に関わりのある者と知った途端、勘八の態度はころりと変わった。

「もしや、大林さまのお知りあいであられますか」

と、わけのわからないことを聞く。

「そうだ」

調子を合わせて応じると、勘八はわざとらしく悲しんでみせた。

「このたびはご愁傷さまですと、どうか、大林さまにお伝えください」

「伝えよう。されど、あの大林が承知するかどうか」

「何を仰《おっしゃ》る」

勘八は顔色を変え、声を荒らげる。

「承知も何も、手前は御家老さまからのご依頼で、大林主水さまの妹御《いもうとご》を養女にいたした次第、大奥へ通わせたはいいが、すぐさま、とんでもない凶事に見舞われた。おれんのせいで迷惑を蒙《こうむ》るのは、手前どもなんですよ」

「御家老とは、龍野藩江戸家老の赤松豪右衛門さまのことか」

「わかりきったことを仰いますな。大奥へ出仕させるには、しかるべき格の店でなければならぬと、貴藩と縁のある手前どもに白羽の矢を立てたのではありませぬか。今さら知らぬとは言わせませんぞ」

「ま、そう怒るな」

おれんの件に豪右衛門が絡んでいるとは、おもいもよらなかった。

内心では驚きつつも、慎十郎は動じた様子をみせない。

気まずい沈黙を嫌い、勘八は饒舌《じょうぜつ》になった。

「大奥であがったさきは二ノ丸、霧島さまのお部屋にございます。出入りの香木商は池之端の鳩香堂さんでしたが、つい先日、拠所《よんどころ》ない事情から出入御免になった。ちょうど替わりの香木商を探しておられたので、先様もふたつ返事でおれんの出仕をお受けくださりました。もっとも、霧島さまはじめ御殿女中のみなさまや仲立ちの親五菜《おやごさい》には、たっぷり袖《そで》の下を包みましたがね」

そのおかげで、大和屋は幕府御用達《ごようたし》のお墨付きを得た。

諸手《もろて》を挙げて喜んでいたやさき、寝耳に水の凶報がもたらされたのだ。

「よりによって役者風情と心中するとは、おれんにも困ったものです」

「おぬし、ほとけを愚弄《ぐろう》するのか」

「とんでもない。正直な心情を申しあげたまでですよ。だいいち、おれんをお受けいただくのに、どれほどの賄賂《まいない》を使ったとおもわれます。何と五百両ですよ、五百両」

五百両の大金を全額負担しても、つりがくるほどのうま味があったのだろう。

「手前のほうから御家老さまのもとへ伺い、見舞金を頂戴《ちょうだい》したいくらいです」

　勘八は養女の死より、店の暖簾《のれん》に傷がつくことのほうを心配している。

「毬谷さまと仰いましたか。ところで、大林さまとはいったい、どのような関わりであられます」

「朋輩《ほうばい》だ」

　いくら記憶を探っても「大林主水」という番士の名に聞きおぼえはない。勘八によれば、おれんの身寄りは兄の主水しかいないという。頑固者の豪右衛門も絡んでいることだし、気の進まないはなしだが、形見のお守りを兄に手渡さねばなるまい。

　ついでに、お守りに忍ばせてあった香木を取りだしてみせると、勘八は大仰に驚いてみせた。

「こ、これは、富春《フースアン》の伽羅と呼ばれる香木にござりますよ」

　自分の店はおろか、江戸に数ある香木商たちも滅多に出逢えない極上の伽羅だと太鼓判を押す。

「いったい、これをどこで」

　お守りのことは告げずに、慎十郎はお茶を濁した。

　勘八が得意げに語ったところによれば、富春とは安南国を領する阮《グエン》王朝の都なのだという。領内で産する伽羅のなかでも歴代皇帝に献上する稀少《きしょう》な品だけに付けられた呼称らしかった。

「拇指《おやゆび》ほどの大きさで、三十両はいたします」

万病に効く貴重な朝鮮人参の三倍と聞けば、どれだけ高価なものかはわかる。

「富春の伽羅か」

香道に関わる者なら、誰もが憧《あこが》れを抱く垂涎《すいぜん》の品なのだ。

それを、大奥にあがったばかりの娘が携えていた。

しかも、お守り袋に忍ばせていたということは、香木の価値を充分に知っていたものと推察される。

もしかしたら、伽羅のせいで殺められたのかもしれぬと、慎十郎は直感した。

江戸藩邸におもむいて赤松豪右衛門に質《ただ》せば、もっと詳しいことは判明しよう。

そうしたい気もするが、もちろん、棒で藪《やぶ》を突っつくようなまねはしたくない。

黒天狗のときのように、うっかり厄介事を頼まれかねないからだ。

――正義のために悪党を成敗せよ。

そんなふうに諭されたら、容易に断ることのできない自分を知っている。

ともあれ、大林主水に会わねばなるまい。

おおかた、おれんの遺体もそちらへ運ばれていることだろう。

線香のひとつもあげてやらねば、釣った者としての気が休まらない。

慎十郎は大和屋の門前で太助と別れ、暗い往来をたどって和田倉門外の龍野藩上屋敷に向かった。

五

龍野藩上屋敷。

闇に白く浮かんでみえるのは、卯《う》の花であろうか。

慎十郎は損料屋で借りた黒紋付を羽織り、裏門の潜《くぐ》り戸を通りぬけた。

かつて一度たりとも訪れたことのない江戸藩邸は予想を遥《はる》かに超えて広く、御殿の数も多い。これだけの藩邸を維持するために、国許の民百姓が必死のおもいで年貢を納めているのかとおもえば腹も立ってくる。

おもったとおり、番士たちの暮らす長屋門の一隅では、しめやかな通夜がおこなわれていた。慎十郎はしかるべき筋に願いを出し、ほとけを海でみつけた者として焼香を許された。

通夜は簡素なもので、弔問客も少なかった。

喪主の大林主水は、狭い部屋の上がり端《はな》にちょこんと座っている。

奥には仏壇が設けられ、安っぽい香が焚《た》かれており、褥《しとね》には顔に白い布をかぶされたほとけが横たわっていた。

口をへの字に曲げた能面のような顔をおもいだし、慎十郎は沈んだ気持ちになる。

六尺豊かな巨体をのっそり近づけると、大林は驚いたように眸子を瞠った。

月代《さかやき》を伸ばした浪人がめずらしいのだろうか。

「じつは」

喋《しゃべ》りかけた途端、大林のほうから膝《ひざ》を乗りだしてくる。

「もしや、毬谷慎十郎どのではござらぬか」

「え」

「いや、そうにちがいない。読売でみた顔じゃ」

興奮ぎみにまくしたて、腕を取って迎えいれる。

「ささ、どうぞこちらへ」

慎十郎は面食らいつつも、草履を脱いで対座した。

「毬谷どの、わしのこと、おぼえておられぬか」

どう記憶の壺《つぼ》をひっくり返しても、目のまえで微笑《ほほえ》む強面《こわもて》の三十男におぼえはない。

「詮方《せんかた》あるまい。わしが国許におったのは十二年前のこと、おぬしはまだ洟垂《はなた》れじゃった。お父上の道場へ剣術修行に通ったことがあってな、お父上に筋が良いと褒めてもらい、その気になって修練を積み、円明流の免状まで頂戴した。江戸へ出てきてからも、本所の男谷道場に通ってな、今一歩で直心影流の目録を頂戴できるところまできておるのだ」

男谷道場と聞いて、俄然《がぜん》、興味を掻《か》きたてられた。

島田虎之助のことも、知っているにちがいない。

尋ねようとして口を開きかけると、それをふさぐように喋りかけてくる。

「そうしたおり、おぬしの噂《うわさ》を耳にしたのだ。名だたる道場を総なめにし、龍野侍の武名を高めてくれた。読売屋などは、江戸に虎が一頭あらわれたと書きたておった。いまや、藩の番方で毬谷慎十郎の武勇伝を知らぬ者はおらぬ。町を歩けば、龍野の出身というだけで、尊敬の眸子を向けられる。わしは鼻高々で言うてやるのさ。毬谷慎十郎のことなら、洟垂れのころから知っておったと」

気恥ずかしくて、身を縮めてしまう。

「噂に聞いたぞ。雖井蛙流を修めたことがお父上の勘気に触れ、勘当されたそうではないか。ついでに藩籍も返上したと聞いたが、まことか」

「ええ、まあ」

「親も藩も頼らず、浪々の身となって廻国修行に旅立つ。何と潔い決断であろうか。わしにはできぬ。路頭に迷うかもしれぬというに、あっさり禄を捨てる勇気はない。禄を失えば、何ひとつ取り柄のない、ただの野良犬でしかないからな。自分にはとうていできぬことを楽々とやってのける。そうした者を、わしは尊敬いたす」

大林は滔々《とうとう》と喋りつづけ、感極まってしまう。

「ところで、今宵《こよい》は何をしにまいられた」

「はあ。じつは」

慎十郎が来意を告げると、大林は何度もうなずいた。

「そうであったか。まことに、おぬしにみつけてもらえたことが、おれんにとっては望外の幸せ、きっと来世で喜んでおろう」

「されば、失礼つかまつる」

慎十郎は褥に膝で躙《にじ》りより、白い布を取りはらってほとけを拝んだ。

あまりに穏やかで美しい顔なので驚かされた。

「安らかにお眠りくだされ」

経をあげて焼香を終え、目に涙を溜《た》めた兄に向きなおる。

「大林どの、これを」

「ん」

「おれんどのの形見にござります」

お守りを手渡すと、大林は大粒の涙を零《こぼ》した。

「これは縁結びの願いを込め、妹に与えたもの」

「縁結びですか」

「兄に縛られることなく、好きな相手のもとへ嫁いでほしい。心の底から、そう願ってな」

慎十郎も、ぽろぽろ涙を零しはじめた。

むしろ、大林が驚いて涙を引っこめたほどだ。

ふたりとも落ちついたところで、慎十郎は質された。

「絞められた首のこと、気づかれたか」

「はい」

「おれんは、何者かに殺められたのだ」

「そのようですね」

「大きい声では言えぬが、おれんは間諜をやっておった」

「え」

「横目付の石動友之進からはなしがあってな」

「友之進なら、よく存じております」

「そうか。あやつも、お父上の道場に通っておったな」

「江戸でも何度か会っております」

「ほう、そうであったか」

友之進を通じて赤松豪右衛門の密命を受け、黒天狗の首魁を成敗したのだ。

大林はつづける。

「わしも以前は横目付をやっておった。石動友之進に探索のいろはを教えたのは、このわしだ。こたびも御家老直々《じきじき》の密命でな、詳しいことは言えぬが、石動に女の間諜を探していると相談されたので、おれんを推挙してやった。それが裏目に出たが、石動を恨んではおらぬ。あやつは役目を果たそうとしたにすぎぬのだからな」

ふいに弔問客が訪れたので、大林のはなしは途切れた。

客が帰ったのをみはからい、慎十郎は香木を差しだす。

「これをご覧ください。おれんどのの死と関わりがあるやもしれませぬ」

大林は香木を手に取り、犬のようにくんくん匂いを嗅ぐ。

「これを、どこでみつけたのだ」

「お守りに忍ばせてありました。大和屋の主人によれば、富春の伽羅というたいへん高価な香木だとか」

「そこまで調べておったか」

大林は腕を組み、じっと目を瞑《つぶ》る。

「もし、どうかなされましたか」

「おぬしは、知らぬほうがよい」

「え、何をです」

「何もかもさ。知れば、命にも関わってこよう」

そうと聞いたら、放っておくわけにはいかない。

「妹御の死について、何かおもいあたる節でもおありか。どうなのです。お教えください」

大林は黙り、外の様子を気にしはじめる。

弔問客が来そうな気配はない。

「わしはな、妹の敵《かたき》を討とうとおもっている」

大林はぽつりと、重大な決意を口にした。

「逆縁《ぎゃくえん》ゆえ、藩より仇討《あだう》ちとしては認められぬ。ゆえに、おおやけにはできぬ。聞かなかったことにしてほしい」

慎十郎は小鼻をひろげ、ぐんと胸を張った。

「助太刀いたす」

「ええ」

大林は仰天し、石像のように固まる。

「ば、莫迦を申すな。藩も認めぬ仇討ちをやれば、ただの人殺しとみなされ、重罪に問われよう。助太刀した者もしかり、下手をすれば死罪となるやもしれぬ」

「かまいませぬ。あの広い海原で、拙者は妹御をみつけたのです。これを天命と言わずして何と申しましょう」

「何と」

大林は慎十郎をみつめ、顔をくしゃくしゃにして泣いた。

「そこまで仰っていただけるのか。されど、されどな、毬谷慎十郎のだいじな命を、死んだ妹のために使うわけにはまいらぬ」

「水臭い御仁だな。やると決めたらやるのです。龍野侍の名に賭《か》けても、おれんどのの仇を討ちましょうぞ」

慎十郎はやおら立ちあがり、愛刀の鯉口《こいぐち》を切るや、鍔《つば》鳴りも鮮やかに納めてみせる。

武士に二言はないという心根をしめし、相手の顔を睨みつける。

大林は諾とも否とも言わず、耳許《みみもと》に囁《ささや》きかけてきた。

「明晩亥《い》ノ刻（午後十時頃）、鉄炮洲稲荷まで来られたし」

それだけを告げると、感動醒《さ》めやらぬといった顔でうなずいてみせる。

慎十郎は何ひとつ問わず、明日には荼毘《だび》に付されるほとけに深々と一礼した。

六

翌晩。

暗闇を照らす上弦の月は、沈みゆく地平に弦をかたむけている。

亥ノ刻を報《しら》せる鐘の音が響くと、町木戸が雷鳴のような音を起《た》てて一斉に閉まりはじめた。

音が消えたあとは、しんと静まりかえり、山狗《やまいぬ》の遠吠《とおぼ》えすら聞こえてこない。

鉄炮洲稲荷は京橋川が海へ注ぐ河口にあり、明るいうちであれば沖に浮かぶ石川島の大きな島影をのぞむことができた。

今はただ、黒い海原が広がっているだけだ。

上方《かみがた》から米俵や酒樽《さかだる》などを運んでくる千石船は石川島を背にして碇泊《ていはく》しており、沖には船灯《あか》りが華燭《かしょく》を並べたように灯《とも》っていた。

「こっちだ」

狐の石像の背後から、大林主水が顔を出した。

近づくと袖《そで》を引かれ、石像の陰に屈《かが》ませられる。

「よう来たな」

大林は、慈愛の籠《こ》もった目で微笑んだ。

歳は長兄の慎八郎《しんぱちろう》と同じ三十だ。牛のようにもっさりした風貌《ふうぼう》といい、国許で番方をしている長兄にそっくりだとおもった。

「少し歩くぞ」

「はあ」

大林はずんずん先へ進み、本湊町《ほんみなとちょう》から渡し場へ、渡し場も通りすぎて船松町《ふなまっちょう》から十《じっ》軒町《けんちょう》へ向かった。

江戸の町に不案内の慎十郎でも、築地《つきじ》の御門跡が近いことはわかる。

たどりついたさきは、所の者たちが「寒さ橋」と呼ぶ明石《あかし》橋の手前だった。

海岸縁《べり》から、細長い桟橋が突きでている。

最初から、ここで待ちあわせればよいのにとおもったが、口には出さない。

桟橋には魚河岸《うおがし》で見慣れた押送船《おしおくりぶね》が何艘《そう》か横付けにされ、人足たちが樽を下ろして運んでいるところだ。

押送船は鮮魚を運ぶ足の速い荷船だし、人足たちの運ぶ樽は魚を入れて運ぶためのものだ。それにしても、荷揚げには刻限が早すぎる。いや、遅すぎるというべきか。

慎十郎は首を捻《ひね》った。

口を開きかけると、大林に制された。

「おぬしはここで待て」

からだに似合わぬすばしこい動きで桟橋に近づき、闇に呑まれてしまう。

潮風に吹かれながら待っていると、大林が息を切らしながら戻ってきた。

「手伝ってくれ。ひとりでは運べぬ」

身を低く保ち、桟橋のそばまで従《つ》いていく。

すでに確保された樽がひとつ、道端に置いてあった。

「あれだ」

「承知した」

慎十郎は足音を忍ばせて近づき、軽々と樽を抱えて戻ってくる。

「さすが、力自慢のことだけはあるな」

樽のなかでは、魚が跳ねていた。

「そいつらに用はない」

ふたりで汀《みぎわ》まで運び、魚をすべて海に捨てる。

空の樽を抱えて来た道を戻り、ふたたび、鉄炮洲稲荷まで戻ってきた。

周囲に人気のないことを確かめ、大林はほっと肩の力を抜く。

「よし、樽を甃《いしだたみ》のうえに置いてくれ」

言われたとおりにすると、龕灯《がんどう》を手渡された。

「照らしておいてくれ」

「はあ」

大林は鳶口《とびぐち》のようなものを取りだし、樽の底板をべりっと剝《は》がす。

底は抜けず、二重底になっていた。

「ふふ、あったぞ。これだ」

拾いあげられたのは、油紙にくるまったものだ。

「驚くのはまだ早いぞ」

油紙をひろげると、木片がぎっしり詰まっていた。

木片の正体は、匂いですぐにわかる。

「富春の伽羅」

「さよう。これは抜け荷の品だ」

「え、そうなのですか」

「阿漕《あこぎ》な廻船《かいせん》問屋が、どこぞの沖で唐人船から入手したものであろう。わしは、そう睨んでおる」

「なにゆえです」

「抜け荷とはそういうものさ。言ったろう、こうした探索はお手のものだと。この樽ひとつで、下手すりゃ五百両にはなる。樽は十を超えておったはずだ。それだけの伽羅に金を出すことのできる上客はかぎられてこよう」

大林の言うとおりだが、金の出所はおもいつかない。

「おぬしにはわかるまい。それはな、大奥だ」

「大奥」

慎十郎にとっては、天上界とか竜宮城とかと同様の響きでしかない。

「わしは、上から密命を受けたわけではない。ただ、大奥へやった妹のことが案じられてな、石動に妹からあった報告はすべて教えろと、約束させておった」

大林は友之進を通じて知り得たことを自分なりに検討し、たったひとりで隠密《おんみつ》行動をとりはじめた。

「大奥は外界と隔絶されたところだ。外との連絡を取る手段はいくつかあるが、わしは五菜が怪しいと踏んだ」

「五菜とは何です」

「外廻《そとまわ》りの使いさ。年寄りと若いのがいる。年寄りのなかには親五菜となり、外に大きな屋敷を構えておる者もいる。若い手下連中は、七つ口に詰めておる。いずれも、御殿女中たちからの信頼は厚い」

五菜の給金は年二両二分と下女並みだが、貰いものなどの役得が多く、株は世襲となっていた。女中たちから印判を預かり、俸禄切米《ほうろくきりまい》の受けとりや換金などといった代行もやる。

大勢の五菜を差配する親五菜ともなると、市井の金満家で子女を大奥に奉公させたい連中に頼まれて口利きまでしてやった。口利き料として多額の謝礼を受けとり、蔵を建てる者まであるという。

「わしは、霧島と関わりの深い親五菜が誰かを突きとめた。達磨屋《だるまや》藤兵衛《とうべえ》という四十男でな、闇の世を牛耳る者のひとりだ」

「闇の世」

「さよう。江戸の闇は深い。深すぎて、蠢《うごめ》いている者たちの正体は知れぬ。されど、達磨屋が悪事に手を染めているのはあきらかだ。現にこうして、香木の抜け荷に突きあたったのだからな」

大林によれば、霧島と阿漕な廻船問屋を繋《つな》ぐ役目が達磨屋なる五菜なのだという。

「おれんは、得たいの知れぬ城の闇へ踏みこんでしまった。仇《かたき》が誰なのかは、まだわからぬ。ただし、仇を討つと決めたからには、わしも死を覚悟せにゃならん。すまぬが、おぬしにそれだけの覚悟をさせるわけにはいかんのだ。わかってくれ、な」

ふん、今さら何を言う。

慎十郎はまったく意に介さず、壊れた樽に目を近づけた。

樽の横には『五州屋』という屋号が焼き印されてある。

「廻船問屋の五州屋か」

どこかで聞いたことがあった。

「あ、そうだ」

頰《ほお》傷の男の顔が、頭に浮かんできた。

七

両国橋を渡って、本所の回向院《えこういん》までやってきた。

明暦《めいれき》の大火で焼死した十万人余りの霊が眠るという寺に来れば、菰の重三郎に会えると聞かされていたのだ。

会って是非とも確かめておかねばならない。

愛娘《まなむすめ》を養女にくれてやった五州屋の悪事を知っているのかどうか。そして、何者かに殺められたおれんの死について、おもいあたることはないかどうか。

返答次第では、引導を渡すことになるかもしれなかった。

無論、大林主水に頼まれたわけではない。

慎十郎は、みずからの意志で動いている。

「淋《さび》しいところだな」

漆黒の闇が、辺り一面を支配していた。

回向院の正門は、小山のように聳《そび》えている。

藪《やぶ》のなかで目を光らせているのは、狐狸《こり》のたぐいであろうか。

　そういえば、回向院の周辺は「猫」と称する私娼《ししょう》の縄張りだと聞いた。

「ちょいと、お兄さん」

　暗がりから声を掛けられ、慎十郎は顔をしかめた。

　手拭《てぬぐ》いの端をくわえた厚化粧の女が立っている。

「お安くしとくよ」

　つっと身を寄せ、顔を覗きこんでくる。

「あたしゃ、猫のなかでも金猫だよ。買わなきゃ損というものさ」

「すまぬが、猫に用はない」

「けっ、衆道《しゅどう》かい。蔭間《かげま》を買いたいんなら、日本橋の芳町《よしちょう》か神田の花房町《はなぶさちょう》へ行きな」

「人を探している。孤の重三郎に会いたい。居所を知らぬか」

　女の顔に警戒の色が浮かんだ。

「あんた、元締めに何の用だい」

「知りあいだ。一度、柳橋の料亭で馳走《ちそう》してもらったことがある」

「ふん、そんな与太話《よたばなし》、信じろってのかい」

「信じなくてもいい。居所を知らぬなら、消えてくれ」

　女はぺっと唾《つば》を吐き、藪のなかへ消えていく。

門前を顧みると、行灯《あんどん》がぽつんと点《つ》いていた。

葦簀《よしず》張りの小屋のなかに、辻占《つじうら》の老婆がひとり置物のように座っている。

「すまぬ。ちと、ものを尋ねたい。孫の重三郎には何処《どこ》で会えようか」

老婆はゆっくり瞼《まぶた》をあけたが、瞳《ひとみ》は蒼白《あおじろ》く濁っていた。

「六文じゃ」

出しぬけに言いはなち、歯のない口で薄気味悪く笑う。

「ひひひ、占ってほしくば、六文じゃ。三途《さんず》の川の渡し賃よ」

詮《せん》無いこととは知りつつも、小銭を手渡す。

「暗剣殺《あんけんさつ》じゃ。顔に死相が浮かんでおる」

みえるわけもないのにそれだけ告げると、老婆はまた瞼を閉じる。

どうやら、最初から何ひとつ聞こえていなかったらしい。六文払った者には、誰にでも同じことを繰りかえしているのだ。

「困ったな」

慎十郎は小屋を離れ、門を潜った。

参道に並ぶ石灯籠《いしどうろう》には、灯明《とうみょう》が灯《とも》されている。

ちょうど勧進《かんじん》相撲が催されており、境内の中央には土俵が築かれていた。

昼間の喧噪《けんそう》はなく、今は閑寂としている。

寺男を訪ねようとおもい、宿坊を探した。

突如、殺気が膨らむ。

振りむいた瞬間、顔に強烈な光を浴びせられた。

「うっ」

目を瞑った間隙《かんげき》を狙って、黒い影が飛びこんでくる。

どんと衝撃を受け、咄嗟《とっさ》に胸を庇《かば》った途端、肩口に痛みが走った。

みやれば、白刃がぐっさり肩に刺さっている。

「ふん、おれの匕首《あいくち》を躱《かわ》すとはな」

声の主は、土俵を背にして立っていた。

手足の長い優男で、右手は懐中に入れている。

おおかた、別の九寸五分《くすんごぶ》を呑《の》んでいるのだろう。

慎十郎は右手を左肩に伸ばし、何食わぬ顔で匕首を抜きとった。

「へへ」

男は嘲笑《あざわら》う。

「おめえ、ただの鼠《ねずみ》じゃねえな。菰の元締めに何の用だ」

「会えたら直に伝える」

「そういうわけにゃいかねえ」

「どうして」

「刺客かもしれねえからさ」

「わしは毬谷慎十郎、その名に聞きおぼえはないか」

「なくもねえが、んなことはどうだっていい」

「おぬし、重三郎の手下か」

「右腕だよ。闇鴉《やみがらす》の伊平次《いへいじ》さ」

さきほどの「金猫」に呼ばれてきたのだろう。

「おれは泣く子も黙る闇鴉だぜ。知らねえのかい」

「知らぬなあ」

「こりゃたまげた。おめえ、もぐりだな。おれはな、相手が両刀差《りゃんこざ》しだろうが何だろうが容赦しねえ。へへ、辻斬《つじぎ》り狩りで何人もあの世へおくっているんだぜ」

「口上はそれで終わりか」

「あんだと」

「手荒いまねはしたくない。重三郎を呼んでこい」

「おれと勝負しようってのか」

「おぬしが望むなら」

「やってやろうじゃねえか」

伊平次は匕首を抜き、さっと身構える。

慎十郎はゆったり構え、愛刀の鯉口を切った。

――ひゅっ。

風を裂き、闇鴉が迫る。

「死にさらせ」

白刃が蒼白く閃《ひらめ》いた。

「ぬりゃ……っ」

気合い一声、慎十郎は刀を抜きはなつ。

と、そのとき。

背後から怒声が響いた。

「待ちやがれ」

白刃が、ぴたりと止まる。

重なったふたつの影は、微動だにもしない。

慎十郎の刀は伊平次の月代《さかやき》に触れるほどのところにあり、伊平次の匕首は慎十郎の脇腹を裂こうとしている。

「痛みわけだ。慎さん、そういうことにしといてくれ」

暗闇から抜けだしてきた人物は、頬の傷をひくつかせながら言った。

菰の重三郎だ。まちがいない。

五体から放つ覇気のせいか、先日より大きくみえる。

慎十郎はすっと身を離し、愛刀を素早く鞘《さや》に納めた。

伊平次も匕首を懐中に仕舞い、安堵《あんど》の溜息を漏らす。

重三郎が提灯《ちょうちん》片手に近づいてきた。

「さすがの闇鴉もびびったな。ふふ、毬谷慎十郎は今が旬《しゅん》の剣客よ。おめえなんぞの敵《かな》う相手じゃねえ」

「へい」

伊平次は渋い顔をしたが、実力のちがいを認めざるを得ないようだった。

重三郎は「しょうがねえ野郎だ」とこぼしつつ、慎十郎に笑いかける。

「そいつが殺めるのは、この世に生きてちゃいけねえ悪党だけでな。ま、許してやってくれ。ところで、おれに何の用だい。よほど急いでいるとみえるが、何か困ったことでも」

「昨日、鉄炮洲沖で男女の死体がみつかったのをご存じか」

「ああ、聞いた。町娘と三文役者の心中だっていうじゃねえか」

「心中ではない。殺しだ」

「ほほう。みてきたようなことを抜かす」

「ふたりを釣りあげたのは、このおれだ」

「なるほど。それなら、信用するっきゃねえな」

慎十郎が経緯をはなすと、重三郎は黙ってさきを促した。

「娘のほうは、ただの町娘ではない。御殿女中だった。しかも、西ノ丸大奥の霧島に仕えていた多聞《たもん》でな、あんたの娘のご同僚というわけさ」

薄闇のなかでも、重三郎の顔が蒼白《そうはく》になったのがわかった。

もちろん、殺されたおれんが間諜であったことは秘しておかねばならない。

「死んだ娘は香木を握っておった。さるところの天子さましか嗅ぐことのできぬ高価な代物でな、富春の伽羅という」

「富春の伽羅」

重三郎は、首をかしげた。

どうやら、知らぬようだ。

慎十郎は、さらにつづけた。

「とある廻船問屋が抜け荷で仕入れた品だ。相手はおそらく、唐人船であろう。不正に入手された富春の伽羅は、大奥へ流れているらしいのだ」

重三郎は激昂《げっこう》する。

「阿漕な廻船問屋ってのは、いってえどこのどいつでえ」

「あんたもよく知る相手だ」

「誰でえ。言ってみろい」

「五州屋吉兵衛だよ」

「何だって」

「あんたは、大奥に繋がりのある五州屋に頼み、娘を養女にしてもらった。そのとき、きちんと調べておくべきだったのではないか。五州屋というのは、とんでもない悪党かもしれぬぞ」

「くそったれ」

重三郎は、憎々しげに吐きすてる。

娘を養女にしてくれた五州屋吉兵衛への恩義と、慎十郎の語ったはなしを天秤《てんびん》に掛けているのだ。

「教えてくれて、ありがとうよ。おめえさんの言うとおり、吉兵衛が抜け荷に手を染めているようなら、ちょいと厄介なことになる。抜け荷がどうのというんじゃねえ。そいつを菰の重三郎に黙っていたってことが許せねえのさ。闇の世にも破っちゃならねえ仁義ってのがある。しかも、吉兵衛がおれんとかいう多聞殺しに関わっているとしたら、放っちゃおけねえ」

「どうするのだ」

「始末をつける」

「容易ではないぞ。あんたの娘は、大奥で人質に取られているようなものだ。霧島も悪事に関わっている公算は大だからな」

「わかっているさ。下手に動けば、おもとの命は危ねえ」

「救いだすか」

「え」

慎十郎のあっさりした物言いに、重三郎は驚かされたようだった。

「救うって、おめえさん、どうやってやるってんだ。おもとはつい先だって、宿下がりで帰《け》えってきたばかりなんだぜ」

「大奥へ忍びこむしかあるまい」

平然と言ってのける慎十郎の顔を、重三郎も伊平次も穴があくほどみつめた。

「おめえさん、何か策でもあんのかい」

闇の元締めに問われて、慎十郎は首を横に振った。

八

二ノ丸の大奥も金網に覆われた長局《ながつぼね》に入ってしまえば、建物内部の造作は本丸や西ノ丸と何ら変わらない。

息苦しい局に棲《す》まう御殿女中たちはみな、籠《かご》の鳥なのだと、おもとはおもう。

市井出身の多聞たちはひとり残らず、一刻も早く抜けだしたいと願っているはずだ。

それはけっして、水汲《みずく》みや掃除洗濯が苦になるからではない。外の世から完璧《かんぺき》に隔てられた部屋の片隅で、言い知れぬ不安に襲われることがあるからだ。

不安の正体は、はっきりとしない。

ただ、霧島の部屋には確実に闇が存在する。

長局の何処かに「開かずの間」というものがあって、夜ごと啜《すす》り泣きが聞こえてくるのだという噂を聞いたこともあった。そのことと、多聞たちが「神隠し」に遭ったこととは、たぶん関わりがあるにちがいない。

闇の存在を知ってしまえば、一晩中《よっぴて》悪夢に魘《うな》され、日中でも不安に押しつぶされそうになる。よほど図太い神経の持ち主でも、これ以上は耐えられまい。

おもとはさきほどから、金縛りにあったように動かなくなっていた。

蒲団《ふとん》部屋の扉の陰に立ち、ふたりの相《あい》の間《ま》が囁《ささや》くはなしに聞き耳を立てている。

「鉄炮洲稲荷の沖でみつかった心中死体、娘のほうは誰だとおもう。多聞のおれんだそうよ」

「え、まさか」

おもとは、膝が抜けそうになった。

どうにか怺《こら》え、足音を忍ばせてその場を離れる。

控え部屋へ向かいながら、やっぱり、という疑念が湧いてきた。

この半年で、四人の多聞がつぎつぎに行方知れずとなっていた。

四人とも病に罹《かか》って実家へ戻されたと聞かされたが、そんなはなしを真に受ける者はいない。多聞同士は仲が良いのだ。宿下がりになったときに見舞いにいったさきで、忽然《こつぜん》と消えた娘たちの双親が嘆き悲しむ様子を目の当たりにした。

消えた四人の実家を訪ねてみると、いずれも部屋頭の村瀬の使いがやってきて「神隠しに遭った」と報《しら》され、雀の涙ほどの見舞金を置いていかれたという。

神隠しに遭ったなどと、そんなはなし、信じられるわけがない。

村瀬さまは嘘を吐いている。きっと何か、不都合なことがあるのだ。

おもとは疑念を抱き、密《ひそ》かに相談した相手がいた。

おれんである。

おれんとは付きあった日数こそ短かったものの、三つ年上で頼り甲斐《がい》があり、辛い仕事を手伝ってもらったり、いろいろと励ましてもらった。会ったばかりで打ち解け、何でもはなせるような間柄になっていたのだ。

おれんは明るい性分で、よく笑わせてくれた。もちろん、心中などするようにはみえなかったし、そうした相手がいる素振りも感じられなかった。

心中なんて、ぜったい嘘にきまっている。

ひょっとしたら、凶事に巻きこまれたのではあるまいか。

きっと、そうにちがいない。

たとえば、みてはいけないものをみてしまったとか。

おおかた、そのせいで命を縮めてしまったのだろう。

誰かに殺められたと邪推しながら、おもとは自分の恐ろしい考えに身震いした。
おれんと知りあう以前のはなしだが、妙なことがあった。
西ノ丸が焼失した前夜、真夜中のことだ。
寝付けずに厠《かわや》へ起きてみると、裏手の井戸端に誰かが佇《たたず》んでいた。
はっとして声を掛けると、蒼白《そうはく》な顔の多聞が振りむいた。
おるいという一つ年上の娘だった。
沈香《じんこう》を扱う鳩香堂の養女で、勝ち気なところもあったが、気の合う相手だった。
そのおるいがなぜか、沈んだ面持ちで井戸端に佇んでいる。
おもとは不安を感じ、強い調子で「どうしたの」と聞いた。
おるいは少し驚いた様子で振りむき、おもとだとわかった途端、悲しげに微笑んだ。
事情を聞こうとしたら、擦りぬけるように去ってしまった。
翌日、おるいは火事に巻きこまれ、逃げおくれたのだと聞いた。
いや、火付けの下手人なのだと、噂する者たちもあった。
どうやら、部屋頭の村瀬が密かに流している噂らしかった。
辛い役目に耐えられず、物狂いとなったおるいが御膳所《ごぜんしょ》に火を放ったというのだ。
噂がひろまれば、部屋に広敷《ひろしき》役人の調べが入らぬともかぎらない。にもかかわらず、不穏な噂を流そうとする意図が、おもとにはわからなかった。
それに、おるいの遺体はまだみつかったわけではなかった。
多聞のひとりが、おるいが湯殿に逃げこんだのをみたと言った。
火事が収まったあと、湯殿も調べられたが、遺体はみつけられなかった。
おるいも、消えた四人同様、神隠しに遭ったのだろうか。
ちがう。
きっと、どこかで生きている。
そんな気がしてならなかった。
おるいはおそらく、凶事に巻きこまれたのだ。
亡くなったおれんのように、みてはいけないものをみてしまったのかもしれない。
それが何かはわからないが、きっとそうにきまっている。
おもとは額に脂汗を滲《にじ》ませ、部屋の片隅で震えていた。
そこへ。
足音がひとつ、近づいてきた。
「えっ、誰」
襖越しに呼びかけると、足音は止まった。

おもとは這《は》うように、戸口から遠ざかる。

音もなく、襖が開いた。

「ぬひひ、兎め」

怖気《おぞけ》立つような笑い声とともに、伽羅の芳香が漂ってきた。

九

重三郎の動きは迅速だった。

親五菜の達磨屋藤兵衛を捜しだし、昼の日中《ひなか》往来のまんなかで拐《かどわ》かしてみせたのだ。

藤兵衛は気を失ったまま駕籠《かご》に揺られ、うら寂しい野面《のづら》に佇む荒《あば》ら屋へ連れてこられた。

ここは本所亀沢町《かめざわちょう》の裏手にあたる馬場の一隅、回向院にも近く、背後には御竹蔵の鬱蒼《うっそう》とした暗がりがある。馬場とは名ばかりで蹄《ひづめ》の音など聞こえた例《ためし》もなく、丈の高い雑草が風に靡《なび》くなか、赤い目を光らせた山狗《やまいぬ》どもが徘徊《はいかい》しており、追いはぎや辻斬りのたぐいも容易には近寄らない。

月の無い夜などはお歯黒を塗りこめたような闇と化し、さすがの慎十郎も足を踏みいれたくないところだった。

「やい、藤兵衛」

嘘寒い荒ら屋のなかで、伊平次が凄《すご》んでいる。

目を醒《さ》ました藤兵衛は、みずからの置かれた窮状をにわかに理解できない。

「な、何者だ、てめえは」

「何者でもいい。言うことを聞けば、命までは奪わねえ」

「あんだと。このおれを誰だとおもっていやがる」

「粋《いき》がるんじゃねえ」

伊平次は拳を固め、脇腹に叩きこむ。

「うっ」

苦しがる藤兵衛に構わず、さらに二発目を繰りだした。

「肋骨《あばら》をへし折ってやろうか」

「……や、やめてくれ」

「言うことを聞くんだな」

「……い、いってえ、おれに何をしろと」

伊平次がすっと身を引き、重三郎がゆっくり屈《かが》みこむ。

「ようく聞け。一度しか言わねえ」

「……わ、わかった」

「大奥に案内しろ」

「え」

「親五菜のおめえなら、大奥へ忍びこむ段取りは承知しているはずだ」

「じょ、冗談じゃねえ。おれは御殿女中の使い走りにすぎねえ。七つ口から向こうへは一歩も踏みこめねえんだ」

「へへ、表向きはそうだろうさ。だがよ、物事にゃかならず裏がある。おめえなら、裏の道を知っているとおもってな」

「し、知らねえ」

「そうかい。なら、仕方ねえ」

重三郎が顎《あご》をしゃくると、伊平次が匕首を抜いた。

蒼白《あおじろ》く光る刃をみて、藤兵衛はぶるっと震える。

「ちょ、ちょっと待ってくれ。あんた、何者だ」

「余計な勘ぐりはよしな。おれの正体を知ったら、命はねえ」

脅しでないと知り、藤兵衛はごくっと空唾《からつば》を呑みこむ。

後ろに控えた慎十郎は、重三郎の別の顔をみたような気がした。

「さあ、どうなんでえ」

「御年寄《おとしより》の部屋へ忍びこむんなら、手がねえこともねえ」

「ほう、そうかい」

重三郎が微笑むと、伊平次は匕首を仕舞った。

「ただし、誰でもってわけにゃいかねえんだ」

憐《あわ》れみを請う藤兵衛の顔を、重三郎は静かにみつめて言う。

「西ノ丸の霧島だよ。火事のあとは二ノ丸に移ったらしいがな」

「それなら、何とかなる」

「ほうかい。ふふ、やっぱりな。おめえは見込んだとおり、頼りになる野郎だぜ」

重三郎は、ほっと溜息を吐く藤兵衛の頬を軽く叩いた。

「で、どうやって忍びこむ」

「櫃《ひつ》を使う」

「櫃か」

「ああ」

何となく見当はついたが、重三郎は藤兵衛の喋るにまかせた。

「誰かひとりが役者に化け、櫃に隠れる。そうすりゃ、苦もなく部屋に運ばれるって寸法さ」

「そんなことができんのかい」

「できる。おれは親五菜の達磨屋藤兵衛だ。役者夜這《よば》いの段取りを任されている」

「役者夜這いだと」

「ああ。大奥に間男《まおとこ》を送りこみ、お偉い方々を楽しませてさしあげるのさ」

密かに「役者夜這い」と称される行為は、西ノ丸の御年寄や側室の一部のみならず、本丸にもおよんでいるという。

櫃は城外から平河門《ひらかわ》などを通って運びこまれ、御広敷と大奥を仕切る七つ口で型どおりの調べを受けてから、長局の深奥へ運びこまれる。

当然のことながら、各門の番頭《ばんがしら》には心付けが渡されており、七つ口で調べをおこなう役人も、櫃を運ぶ担ぎ手もみな、買収されていた。櫃の通る経路は「裏口」と呼ばれ、七つ口に控える者たちは知っていながら知らぬふりをしているらしい。

藤兵衛は「夜這い」の段取りをつけるのと引き替えに、何年も遊んで暮らせるほどの報酬を得ていた。

慎十郎は傍で聞きながら、腹が立って仕方ない。

こいつ、一発撲《なぐ》ってやる。

抑えがたい衝動に駆られ、身を乗りだした途端、伊平次に止められた。

「おっと、そこのおめえさんなら、何とかなるかもしれねえ」

藤兵衛から唐突に指名され、慎十郎はきょとんとする。

「ちょいと図体《ずうたい》はでけえがな、化粧映えのする面だ。霧島さまは立役の浦田甚五郎を好いていなさった。あの野郎、火事に巻きこまれて死んじまったが、おめえさん、甚五郎に似ていなくもねえ」

「なるほど、言われてみりゃそうかもな」

重三郎も小悪党に同調し、にんまり笑いかけてくる。

「江戸紫の鉢巻を締めりゃ、海老蔵も顔負けの助六になれるぜ。どうでえ、兄弟。大奥へ忍んでもらえるかい」

「喜んで」

勢いで、ぽんと胸を叩いてみせたが、どうにも釈然としない。

いつのまにか、慎十郎は重三郎の「兄弟」にさせられていた。

十

丹波道場。

――きょっ、きょきょ。

不忍池《しのばずのいけ》のほうから、不如帰《ほととぎす》の囀《さえず》りが聞こえてくる。

夏の到来を告げる囀りは、人の魂を吸いとるとの言い伝えもあり、咲は不吉なおもいに駆られた。

慎十郎が鉄炮洲沖で引きあげた遺体は、大奥で遭遇したおれんだった。そのことを知った瞬間、ことばを発することもできなかった。天井から吊《つ》られた鋲打ちの駕籠が落ちてきたとき、おれんは身を挺《てい》して庇《かば》ってくれた。命を救ってもらった恩がある。口惜しいことに、恩を返す機会も失ってしまった。

一徹によれば、おれんは何者かに首を絞められていたらしい。

心中にみせかけて殺められたという事実が、咲をいっそう胸苦しいおもいにさせた。と同時に、やっぱり、おれんは命を狙《ねら》われていたのだと確信した。

駕籠の落下も、何者かの手でなされたにちがいない。

おれんは、何か知ってはいけないことを知った。

そのせいで命を縮めてしまったのだ。

「あの身のこなし」

駕籠が落ちてきたとき、咄嗟《とっさ》に取った身のこなしは尋常なものではなかった。

もしかしたら、誰かの密命を帯び、大奥に探りを入れていたのかもしれない。

そうした推測をめぐらせていると、慎十郎が妙な動きをしはじめた。

おれんの養い親である日本橋の薬種問屋を訪れ、その足で和田倉門外にある龍野藩の上屋敷へ向かったのだ。

後ろめたさを抱きつつも、咲は慎十郎の背中を尾《つ》けることにした。

調べてみると、おれんは龍野藩の番士の妹だった。上屋敷の長屋門の一隅ではしめやかに通夜が催されており、咲は屋敷内に入ることを許されなかったので、海鼠塀《なまこべい》の外で両手を合わせ、おれんの冥福《めいふく》を祈った。

やっぱり、おれんは何らかの役目を負わされていた。

そのせいで命を失ったのだとしたら、あまりに哀れなはなしではないか。

しかも、三文役者と心中したという汚名まで着せられ、さぞかし口惜しかろう。

そんなことを考えながら、咲は慎十郎の動きをさらに追った。

　すると、通夜の翌晩、慎十郎はおれんの実兄と鉄炮洲稲荷で落ちあい、隠密《おんみつ》行動を取りだした。築地の寒さ橋に近い桟橋から、船荷の樽《たる》をひとつ盗みだし、その樽を壊して何かを手に入れていた。

「これね」

　咲は袖口から、香木の切れ端を取りだした。

　みずからも桟橋に忍びこみ、船荷のひとつから奪ってきたのだ。

　抜け荷の品であろうことは、容易に想像できた。

　香木の正体も知っている。

「富春の伽羅」

　知りあいの香木商が教えてくれた。

　切れ端でも三十両はくだらないと聞かされ、悪事の元凶ではないかと疑った。

　おれんが死んだのも、きっと、高価な香木のせいにちがいない。

　慎十郎もたぶん、そのことを知ったのだろう。

「あいつめ」

　悪事のからくりをあばき、おれんを死にいたらしめた悪党を裁こうとでもおもったのか。かりにそうだとしたら、咲は自分も力になりたかった。

だが、素直に申しでる勇気がない。

不自由な足で歩きまわり、慎十郎の動きを追いつづけた。

すると、こんどは回向院の境内で怪しげな連中と会い、良からぬ相談を交わしているのをみつけた。

相手が菰の重三郎だとわかったとき、おもわず、咲は顔をしかめた。

「なぜ、重三郎に会わねばならぬ」

今のところ、理由は判然としない。

亀沢町の裏手の馬場で交わされた内容は憶測のしようもなく、慎十郎が何をしたいのかもわからなかった。

知りたいという強烈な欲求に駆られ、のどが渇いて仕方ない。

柳橋の件以来、慎十郎とまともに会話も交わしていなかった。

何があっても許すものかと、意地を張っているところもある。

男谷道場の島田虎之助との申しあいも、宙ぶらりんのままだ。

「よし」

こちらから折れてやろうと、咲は決めた。

ちょうど、そこへ。

訪問客の声が聞こえてきた。

「ごめんくだされ。どなたかおられませぬか」

一徹も慎十郎も留守にしており、咲が応対するしかない。

松葉杖を突いて門前まで出向いてみると、月代を剃《そ》ったきちんとした身なりの侍が立っていた。

「拙者、龍野藩横目付の石動友之進と申す者です。こちらに、毬谷慎十郎はおりませぬか」

石動友之進という名は、慎十郎から聞いたことがあった。

たしか、故郷の道場で鎬を削った朋輩《ほうばい》だったとか。

それでも、咲は警戒を解かず、門の内へは一歩も踏みこませない。

友之進は、にっこり笑った。

「失礼ですが、咲どのであられますか。いや、はは、お噂はかねがね」

「どのような噂ですか」

「つい先だって、二ノ丸大奥で申しあいをなされ、男之助とか申す大奥随一の遣い手を一蹴《いっしゅう》したとの噂にござる。拙者も剣を志す者ゆえ、感銘を受けた次第」

男之助の負けは、大奥の恥とも受けとられかねない。

つまり、外に漏れるはずのないはなしだ。

咲の語調がきつくなった。

「申しあいのこと、誰からお聞きになられたのですか」

「殺されたおれんです」

友之進はぽんと言いはなち、探るような眼差しを向ける。

咲は、動揺を隠しきれない。

「おれんのこと、やはり、ご存じでしたか」

「はい」

「申しあいのことは、おれんから隠密裡《り》に届けられた文に詳しく綴《つづ》られてありました」

「もしや、あなたがおれんどのを大奥へ」

「上の命で送りこみました」

「いったい、何のために」

「ご助力いただければ、詳しくご説明いたしましょう」

油断できない男だとおもいつつも、咲はこっくりうなずいた。

十一

遠くで暮れ六つ（午後六時頃）を報せる鐘の音が鳴っている。

狭い櫃のなかで居眠りをしていると、担ぎ手らしき男たちの愚痴が聞こえてきた。

「ずいぶん重え櫃だな。三十貫目（約百十三キログラム）は超えているぜ」

「七つ口はすぐそこだ。辛抱しろい」

櫃は城門をいくつか通りぬけ、七つ口らしきところで下ろされた。

改めの役人が蓋《ふた》を外し、手燭《てしよく》を近づけてくる。

慎十郎は眠い目を擦《こす》り、隈《くま》取りの顔で睨みつけてやった。

役人はぎょっとしたが、空咳をひとつ放ち、何事もなかったように蓋を閉める。

「よし、通れ」

偉そうな声が聞こえ、櫃がふわっと持ちあげられた。

「むっ、重い」

こんどは、女の声だ。

担ぎ手が御末《おすえ》と呼ばれる大奥の怪力娘たちに替わったのだ。

櫃はふらつきながらも、二ノ丸大奥の闇へ分けいっていく。

慎十郎は眠い頭で、潜入の段取りを反芻《はんすう》した。

七つ口を無事に通りすぎたら、しばらくのちに、霧島の部屋へたどりつくだろう。

櫃はたいてい、鋲打ち駕籠の吊《つる》された廊下の隅に置かれる。

そこで小半刻《こはんとき》（約三十分）ほど、じっと待たねばならない。

そのうちに、伽羅の匂いが漂ってくる。

富春の伽羅、霧島があらわれた証拠だ。

部屋頭の村瀬を通じて、霧島には「浦田甚五郎によく似た役者を仕込んだ」と伝えてあった。

もちろん、気に入られるかどうかはわからない。

気に入れば褥《しとね》に誘われるだろうし、そうでなければ櫃ごと戻される。それだけのことだ。

段取りを説いた達磨屋藤兵衛は、役人たちから不審を抱かれぬよう、七つ口に待機していた。若い五菜に化けた伊平次がぴったりそばに張りつき、少しでも怪しい動きをみせたら匕首でぶすりとやることになっている。

何はともあれ、霧島から気に入ってもらうしかねえと、菰の重三郎は言った。

そうでなければ、おもとの居所を探りだすこともままならない。

慎十郎の役目は、あくまでも、おもとを救って大奥から逃れることにあった。

悪事をあばこうとか、おれん殺しの下手人を捜して裁こうとか、余計なことは考えなくていい。

無事におもとをみつけだし、救いだすのが先決なのだ。

しかし、逢《あ》えたとしても、どうやって大奥から逃れるのか。

この難しい問いには、藤兵衛でなく、重三郎が答を出した。

――葛西《かさい》の肥え舟を使う。

城外の者で唯一、肥え運びの利権を握る葛西の百姓たちだけが小舟を操り、定まった時刻内であれば自在に濠《ほり》を通行できた。

重三郎自身が葛西の百姓に化け、肥え樽《だる》でふたりを城外へ運びだすというのだ。

そのための段取りも、慎十郎は頭に叩きこんだ。

藤兵衛は二ノ丸の間取りをそらで描き、肥え舟の寄場や寄場へ通じる「糞《くそ》の道」を図面にしたためてくれた。

やがて、櫃は長い出仕廊下を渡り、杉の開き戸から内へ滑りこんでいった。

杉戸からさきは、霧島の部屋だ。

ほかの部屋に属する部屋方は、許可なく踏みこんではならない。

ほっと、担ぎ手が溜息を漏らした。

櫃は静かに下ろされ、人の気配も去った。

それから、小半刻どころか、一刻は優に待たされ、慎十郎はいつのまにか眠りこんでしまった。

女中たちも、夕餉《ゆうげ》を疾《と》うに済ませたことだろう。

――ぐう、ぐう。

腹の虫が鳴くと、眠りも浅くなった。

足音がひとつ、廊下の向こうから近づいてくる。

来た。

そこはかとなく、伽羅の芳香も漂ってきた。

霧島であろうか。

ひとりだな。

前触れもなく、すっと櫃の蓋がずれた。

手燭の淡い光とともに、片目だけが覗きこむ。

「どれ、お顔をみせておくれ」

鈴音のような声に導かれ、慎十郎は顔を持ちあげた。

「ぷっ」

霧島らしき奥女中は吹きだした。

「隈取りを施してきたのかえ。どうしてじゃ」

「素顔をみられるのが、恥ずかしゅうござる」

「うふふ、しおらしいことを抜かす」

蓋が乱暴に取りはらわれた。

頭上から見下ろしているのは、堂々とした恰幅《かっぷく》の四十年増だ。

裾《すそ》に緋牡丹《ひぼたん》をあしらった小袖《こそで》を纏《まと》い、ふくよかな唇《くち》もとを深紅に彩っている。

なかなかに、美しい。

高貴な容貌《ようぼう》だなと、慎十郎はおもった。

ひょっとしたら、伽羅の香りに惑わされているのかもしれない。

「立ってみよ」

命じられたとおり、ぬっと立ちあがる。

「おお」

霧島とおぼしき奥女中は豊かな胸を反らし、天井を見上げた。

「六尺（約百八十二センチメートル）は優に超えているではないか。そのからだで、よくぞ櫃のなかに隠れておったものよ」

これもひとえに、お方さまのご寵愛《ちょうあい》を受けたいがため、とでもこたえておくべきところだろう。

しかし、そのような台詞を吐くことは、慎十郎の矜持《きょうじ》が許さない。

「恐れながら、からだを伸ばしてもよろしいか」

慎十郎は千筋《せんすじ》の袷《あわせ》を諸肌《もろはだ》脱ぎに脱ぎはらい、太い両腕を突きあげ、ぐんと伸びをした。

肋骨《ろっこつ》がぽきぽき音を鳴らし、分厚い胸や二の腕の筋が縄のようにくねる。

「まあ」

奥女中は呆気《あっけ》にとられつつ、波のように隆起した肉のかたまりをみつめる。

「櫃から出てきやれ」

紅《あか》い口から、掠《かす》れた声が漏れた。

どうやら、気に入ってもらえたようだ。

「これでお拭《ふ》き」

差しだされた布切れで隈取りを拭《ぬぐ》うと、いっそう顔が汚くなった。

奥女中は鼻を近づけ、うっとりするような眼差しを向けてくる。

「達磨屋の申したとおりじゃ。鼻筋の通ったところなど、甚五郎によう似ておる。幸《こう》若舞《わかまい》でもひとさし、舞ってみるかえ」

いきなり振られても、慎十郎は動じない。

「されば、敦盛《あつもり》を」

袷を纏って居ずまいを正し、腰帯に挟んだ白扇を抜いてみせた。

右手をすっと前方へ伸ばし、握った白扇の先端で正面やや上方を差ししめす。

朗々と、唸《うな》りだした。

「人間五十年、化天《げてん》のうちをくらぶれば、夢幻《まぼろし》のごとくなり。一度生を享け、滅せぬもののあるべきか。これを菩提《ぼだい》の種とおもひさだめざらんは、口惜しかりし次第ぞ」

見事な舞いを披露してみせ、部屋じゅうに響きわたる大声で獅子《しし》吼《く》する。

「陣触れじゃ。太刀を持て。湯漬けはまだか。敵は桶狭間《おけはざま》にあり」

奥女中は度肝を抜かれ、腰から砕けおちそうになる。

俊敏に肩を抱きとめ、慎十郎は熱い息を吐きかけてやった。

「おもという多聞がおろう。素直に身柄を引きわたせば、今宵のところは見逃してやってもよい」

「何じゃと」

慎十郎自身、予想していなかった展開だ。

奥女中の顔が、突如、般若《はんにゃ》に変わった。

「おぬし、何者じゃ」

「きまっておろう。狼藉者《ろうぜきもの》さ」

奥女中は袖を翻し、助けを呼ぼうとした。

ところが、背後から八つ手のような掌が伸び、口を覆われる。

「むぐ、むぐぐ」

「痛い目に遭いたくなければ、おもとをここに呼べ」

掌に力を込めると、奥女中はうんうんとうなずく。

掌を放し、太い腕を鉤《かぎ》の手にして、首に搦《から》める。

「妙なまねをすれば、のどを潰《つぶ》すぞ」

奥女中は咳《せ》きこみながらも、どうにか、ことばを吐いた。

「……わ、わらわは、霧島さまではない」

「何だと、嘘を吐くな」

たのだ。

「……う、嘘ではない。わらわは、部屋頭の村瀬じゃ」

鬼の居ぬ間の何とやら。霧島がおらぬときは、村瀬も役者夜這いの恩恵に与《あずか》ってい
たのだ。

慎十郎は、呻《うめ》くように吐いた。

「おぬしが誰でもよい。おもとをここへ呼べ」

「……あ、あの兎はおらぬ。もう、ここにはおらぬ」

切羽詰まった様子から推せば、嘘ではなさそうだ。

もう、ここにいないとは、どういうことなのか。

「兎は囲って骨抜きにしてから、唐人船に売るのよ」

「何だと」

それが「神隠し」の真相なのだ。

つまり、高価な香木を買う一方で、娘たちを売っているのだ。

「おぬしら」

慎十郎は激昂《げっこう》し、もう少しで首を絞めるところだった。

村瀬は激しく咳きこみ、板間に蹲《うずくま》ってしまう。

「……す、すべては、霧島さまのお考えになったこと……わ、わらわは命じられ、手

伝うたまで」

「その報酬が、役者夜這いというわけか」

「知らぬ。わらわは何も」

「知らぬとは言わせぬ。おもとを何処へやった」

「開かずの間じゃ。そこにおらねば、すでに外へ移されていよう。そこからさきは、わらわも知らぬ。ほんとうに知らぬのじゃ」

「開かずの間は、何処にある」

「杉戸の向こう。長い廊下を渡ったさき。澱《よど》んだ闇の向こうにある」

村瀬は顔色を変え、声の調子を落とす。

「おぬし、さては隠密か。われらの悪事をあばきにまいったのであろう。なれど、ここまでじゃ。霧島さまには、指一本触れさせはせぬ」

村瀬は不気味な顔で微笑み、むぎゅっと舌を噛《か》む。

「くそっ」

手遅れだった。

すでに、こときれている。

何を恐れて死に急いだのか。

いずれにしろ、莫迦なことをしてくれたものだ。
慎十郎は途方に暮れながらも、遺体を櫃のなかへ隠した。

十二

錠の下ろされた板戸の向こうから、啜り泣きが聞こえてくる。
慎十郎は躊躇《ためら》わずに板戸を蹴破《けやぶ》り、内へ踏みこんだ。
手足を縛られた娘がひとり、死んだように蹲っている。
「おもと、おもとか」
暗すぎて、よくわからない。
首を振る気力もない娘を抱きあげ、慎十郎は廊下に飛びだした。
御年寄の部屋へ忍びこみ、専用の厠を探す。
「あった」
真っ暗な厠へ入り、用意してきた龕灯を点けた。
伽羅の芳香が漂ってはいるものの、床板一枚下は糞溜《くそだめ》である。
親五菜の達磨屋藤兵衛に教えられたとおり、落とし穴を照らしてみると、万年と呼ぶ糞溜の表面がみえた。

「臭っ、まいったな」

勇気を奮いおこし、爪先から穴のなかへ入っていく。

万年に落ちるヘマだけはしたくない。

「慎重に、慎重に」

万年の縁に両足を下ろし、強烈な臭いに顔をしかめながら屈む。

床下には、大きな横穴が掘られていた。

もういちど背を伸ばし、落とし穴から両手を差しだす。

穴の縁で蹲っていた娘を抱いて下ろし、万年の脇から龕灯を照らすと、横穴はずっとさきまでつづいている。

屈まずとも、充分に歩けそうな広さだ。

舐《な》めた人差し指を翳《かざ》すと、風の流れを摑むことができた。

横穴をたどっていけば、御殿女中たちの暮らす長局の端に出る。そのさきに内濠《うちぼり》へ通じる桟橋があり、空き樽を三つほど積んだ肥え舟のうえで葛西の百姓に化けた菰の重三郎が待っているはずだ。

背負った娘は、息継ぎが苦しそうだった。

足許《あしもと》が滑るので、易々と進めそうにない。

ほとんど糞まみれになりながら、慎十郎はさきを急いだ。

「あっ」

前方に揺れる松明《たいまつ》の光がみえ、咄嗟に龕灯を伏せる。

百姓だ。

ふたつの人影が天秤棒《てんびんぼう》を担ぎ、空の肥え樽を運んでくる。

しばらく様子を窺《うかが》ったものの、埒《らち》が明かないので、慎十郎は足を忍ばせた。

百姓たちは無駄口も叩かず、持ち場へ着くと柄杓《ひしゃく》を取りだし、黙々と糞を掬《すく》いはじめる。

「よう、ご苦労さん」

慎十郎は明るく声を掛け、ふたりの背後に近づいた。

はっと驚くふたりに迫り、ほぼ同時に当て身を食わせる。

「すまぬな。樽を借りるぞ」

底に溜まったものを捨て、娘を樽のなかへ抱きおろす。

「ほんのしばらくの辛抱だ」

娘は暗い樽のなかで、口をわずかに動かした。

「ん、どうした」

耳を近づけると、消えいりそうな声が聞こえた。

「……る、るいと申します」

「お、そうか。おるいと申すのか」

「……は、はい」

「おもとという多聞は知らぬか」

おるいは、弱々しく首を振る。

「……す、すみません」

「よいのだ。おぬしが謝ることはない」

落胆がないと言えば嘘になる。しかし、この娘を何としてでも救わねばならぬという強いおもいに駆られ、百姓たちの腰帯で樽を縛って担いだ。

「おるい、平気か」

「……は、はい」

樽の内から、かぼそい声が聞こえてくる。

慎十郎は龕灯を翳し、力強く歩きだした。

やがて、風の流れを頰に受けるようになった。

出口は近い。

安堵《あんど》した瞬間、殺気が過《よ》ぎった。

「止まれ」

大柄な男が、隧道《すいどう》の壁際からあらわれる。

役人とはちがう。

御広敷《おひろしき》の伊賀者《いがもの》であろう。

「おぬし、肥え樽をひとりで担ぐのか」

「へえ。それが何か」

「力自慢だな。わしは伊賀者の差配じゃ。樽を下ろしてみろ」

「どうしてです」

「中味をあらためる」

どきりとしたが、動じる素振りもみせない。

「差配さま、糞をあらためるんですかい」

「つべこべ抜かすな」

「へえ。なら、どうぞ」

あっさり応じると、差配は慎重に近づいてきた。

手燭《てしょく》を顔に翳される。

「おや、おぬしの面付き」

「面付きが、どうかしやしたかい」

「おぬし、百姓ではないな」

差配は手燭を捨て、腰の刀を抜いた。

「うしゃっ」

やにわに、斬りかかってくる。

慎十郎は素早く反応し、左手で相手の手首を摑んだ。

「ぬ、こやつ」

差配は左手を懐中に入れ、苦無《くない》を取りだす。

すかさず右手を伸ばし、そちらの手首も摑んでやった。

力くらべだ。

差配が、凄《すさ》まじい形相で問うてくる。

「おぬし、侍か」

「そうだ」

双方の二の腕に力瘤《ちからこぶ》が盛りあがり、ぷるぷる震えだす。

「くせものめ、名乗ってみろ」

「よかろう。毬谷慎十郎だ」

「えっ」

まさか、名乗るとはおもわなかったらしい。

驚いた差配に隙が生じた。

「そりゃっ」

慎十郎は頭を振り、相手の鼻面に額を叩きつける。

「ぶほっ」

差配は鼻を潰《つぶ》され、膝が抜けたようにくずおれた。

白目を剝《む》き、昏倒《こんとう》してしまう。

「霧島に、よろしくと言っておけ」

慎十郎は捨て台詞を残し、樽を担ぎなおして足早に去る。

ようやく、臭い隧道を抜けた。

鼻先の桟橋が、淡い月影に照らされている。

肥え舟のうえで、頰被《ほおかぶ》りの百姓が右手をあげた。

重三郎だ。

大きく振る手には、力が込められている。

娘が救われたものと信じ、感極まっているやにみえた。

「すまぬ」

願いは果たせなかった。

慎十郎は言い訳を探しあぐね、重い足を引きずった。

命に代えても

一

卯月《うづき》八日。

釈迦《しやか》生誕を祝う灌仏会《かんぶつえ》には、本所回向院の本堂にも牡丹《ぼたん》や芍薬《しやくやく》などの豪華な花々で飾った花御堂《はなみどう》が築かれる。

花々に包まれた尊像に甘茶を注げば厄除《よ》けの効験はあらたかで、注いだ甘茶を持ちかえって墨を磨《す》り、細長い紙に「五大力菩薩《ごだいりきぼさつ》」などと綴《つづ》って衣類の櫃《ひつ》に入れれば、虫封じになる。

露地には唐茄子《とうなす》かぶりの苗売りや萌葱《もえぎ》の蚊帳《かや》売りなどが出はじめ、寒いあいだ主が留守をしていた軒下の巣に燕《つばめ》が帰ってくるのをみつけると、人々は夏の到来を肌で感じるようになる。

田植えが終われば梅雨が来て、梅雨が過ぎれば暑い夏がやってくる。

江戸の夏はとりわけ暑いと聞いたが、慎十郎はまだ経験していない。

風の薫る今は、一年でもっとも清々《すがすが》しい季節だ。

藤棚から葉漏れ日の射しかかる葦簀《よしず》張りの水茶屋に座り、慎十郎は参詣人《さんけいにん》たちで賑《にぎ》わう回向院の参道をみるともなしに眺めていた。

気持ちが浮きたっているのは、咲を誘ったせいだ。

大奥からおるいという娘を救いだして以来、咲の態度はあきらかに変わった。

自分からはなしかけてもくるし、おもしろいことを言えば笑ってくれる。

ようやく打ち解けてくれたのだ。

あたりまえのことが、涙が出るほど嬉《うれ》しかった。

もちろん、骨の折れた足が完治しないうちは、稽古《けいこ》をつけてもらえない。

島田虎之助との申しあいも認めてもらったわけではなく、ふたりの気持ちにはまだ隔たりがある。

剣の間合いといっしょで、慎十郎はわずかな隔たりも察することができた。

咲も同じだろう。

刀は持たずとも、道場の板の間で対峙《たいじ》しているようなものだ。

ほんのわずかな諍《いさか》いで後戻りする危うさを孕《はら》んでいるだけに、慎十郎はいつも気を張りつめていた。

咲は慎十郎にかぎらず若い男と連れだって外を歩きたがらず、ひとりで花御堂に甘茶を掛けにいった。腰に両刀を差して歩くのがしんどいので、男装ではなしに花柄の小袖《こそで》を纏《まと》い、髪も島田に結って簪《かんざし》まで挿している。

島田髷《しまだまげ》に松葉杖《まつばづえ》は似合わぬと、本人もずいぶん気にはしているものの、なかなかどうして、小町娘もかなわぬほどの可憐《かれん》な立ち姿に、慎十郎はすっかり心を奪われていた。

もちろん、静乃という心に決めた相手はいる。

龍野藩の江戸藩邸に暮らしているであろう初恋の相手を思い出すたびに、胸の奥が熱くなる。

静乃への恋情が消えぬかぎり、他の誰かに心を移すことはできない。

たとい、相手が咲であろうと難しかろう。

そうした自分の不器用な性分が恨めしいとおもっても、これればかりは直しようがなかった。

切なげに溜息《ためいき》を吐《つ》いたところへ、怒声が飛びこんでくる。

「無礼者、何をいたす」

侍だ。

参道のまんなかで、三人の食い詰め浪人が手代風の男にからんでいる。

手代は参道の甃《いしだたみ》に両手をつき、平謝りに謝っているが、許してもらえそうにない。

周囲には人垣ができていた。

金銭目当てに難癖をつけているのはあきらかだが、浪人どもが強面《こわもて》なこともあって誰ひとり助けようとしない。

「詮方《せんかた》あるまい」

慎十郎は愛刀の藤四郎吉光を摑《つか》み、飛ぶように走りだす。

三重に築かれた人垣を搔《か》きわけ、最前列へ躍りでた。

手代はまだ、土下座をさせられたままだ。

――待て待てい。

歌舞伎の立役よろしく決め台詞《ぜりふ》を吐こうとしたところへ、慎十郎よりも一瞬早く、別の男が高らかに発してみせた。

「待て待てい」

声の男は猪豚《いのぶた》のようなずんぐりした体軀《たいく》の侍で、額は広く禿《は》げあがり、大きな眸子《まなこ》を炯々《けいけい》とさせている。

異相であった。

暗闇で出逢《であ》ったら、慎十郎でもぎょっとする。

ずんぐり侍は平然と歩を進め、浪人どもに対峙した。

「何ぞ文句でもあるのか。邪魔だていたすと痛い目をみるぞ」

「ほう、おもしろい」

ずんぐり侍は余裕の笑みを浮かべ、半べそを掻く手代のそばへ近づく。

腕を取って立たせ、尻《しり》を叩《たた》いて送りだした。

「去るがいい。ああした連中には気をつけろ」

手代が去っても、分厚い人垣は解けない。

なにしろ、大道芸より遥《はる》かにおもしろそうな見世物がはじまろうとしているのだ。

慎十郎は口を挟まず、しばらく様子を眺めることにした。

浪人どもの歯軋《はぎし》りが聞こえてくる。

「おのれ、われらを愚弄《ぐろう》する気か」

「ま、そうなるかな」

「斬《き》ってやる」

ひとりが威勢良く抜刀するや、ふたりの仲間は左右に散った。

同様に刀を鞘走《さやばし》らせ、三方から躙《にじ》りよっていく。

なかなかの手練《てだ》れどもだと、慎十郎は睨《にら》んだ。

ずんぐり侍は動じない。

「わしに抜かせたら、後悔するぞ」

胸を張り、うそぶいた。

「黙れ」

正面の浪人が吐きすてる。

と同時に、向かって右手の浪人が斬りかかっていった。

「死ね、ぬりゃっ」

八相《はっそう》からの袈裟《けさ》懸けだ。

白刃が鼻面へ伸びた瞬間、ずんぐり侍がふっと沈む。

沈みながら独楽《こま》のように回転し、抜き際の一撃を繰りだした。

「んぎゃ」

相手は悲鳴をあげ、刀を落として蹲《うずくま》る。

冴《さ》えた鍔《つば》鳴りが響いた。

ずんぐり侍の刀は、すでに納刀されている。

見物人たちは何が起こったのかわからず、呆気《あっけ》にとられた。

太刀行きがあまりに捷《はや》すぎ、目で追うことすらできなかったのだ。

慎十郎にはみえていた。

ずんぐり侍は居合技で、相手の手の甲を一寸（約三センチメートル）ほど裂いていた。

指を動かす腱《けん》を断ったにちがいない。

慎十郎ですらも驚嘆させられるほどの、じつに鮮やかな手並みだった。

怪我《けが》を負った浪人は激痛に耐えかね、呻《うめ》きながら地べたを転がっている。

「まだやるのか。ほれ、そいつを連れていけ。金輪際、みっともないまねはするなよ」

「くそっ」

残ったふたりは悪態を吐き、傷ついた仲間を引きずっていく。

人垣から、まばらな拍手が起こった。

野次馬どもは、すかしっ屁《ぺ》を嗅《か》がされたような面をしている。

じっと佇《たたず》む慎十郎は、後ろから誰かに袖《そで》を引かれた。

「ん」

咲だった。

「あれが誰か、教えてあげる」

——島田虎之助。

と告げられても、驚きはない。

何となく、そんな予感がしていた。

慎十郎は一歩踏みだし、ずんぐりした背中に声を掛ける。

「島田どの」

振りむいた異相の男は、存外に親しげな笑みを浮かべた。

「何か」

「いや、見事な手甲《てっこう》斬りでござった。拙者、毬谷慎十郎と申す」

「はあ」

「拙者の名に心当たりは」

「ない」

と、即座に言われ、がっかりする。

「されど、おぬしの後ろに隠れておる娘には見覚えがあるぞ。丹波道場の咲どのであろう。ふむ、まちがいない。お美しいな。やはり、おなごはおなごらしい扮装《いでたち》をなされたほうがよい。のう、むふふ」

　咲はむっとする。余計なお世話だ。

　慎十郎はさらに一歩踏みだし、正直な気持ちをぶつけた。

「島田どの、拙者と立ちあってくれ」

「おいおい、藪《やぶ》から棒に何を抜かす」

「ここでとは言わぬ。あとでこちらから亀沢町の道場に出向こう」

「何やらおもしろそうな御仁だが、ちと無理だ」

「どうして」

「わしと立ちあいたい者が列をなしておるようでな、どうしてもというなら、列の最後尾に並んでもらわねばならぬ」

「何だと、偉そうに」

「まあ、怒るな。師の男谷精一郎は段取りを踏まねば気が済まぬ性分でな、順番とかそうしたことにうるさいのだ。ただし、やると決まれば容赦はせぬ。わしは師のように甘くない。相手に一本を取らせてやるようなふざけたまねはせぬゆえ、安心しろ。ふふ、おぬしにもいずれ、わしと立ちあったことを後悔する日が来よう。出鼻でぶちのめし、足腰の立たぬようにしてくれるわ。ぬはっ、ぬはは」

島田は腹を揺すって嗤《わら》い、意気揚々と去っていく。

「けっ、大法螺《おおぼら》吹きめ」

慎十郎は怒りを抑えかね、参道に唾《つば》を吐きすてた。

二

夜の帷《とばり》が降りるころ、慎十郎は両国の露地裏にある矢場を訪れた。

――どどん。

「当たありい」

敷居の向こうから、太鼓の音とともに女将《おかみ》の声が響いてくる。

楊弓《ようきゅう》で矢を放った貧相な客が、満足そうにうなずいた。

客はひとりしかおらず、矢取女たちは暇そうだ。

慎十郎が目を向けると、女将は黙って二階を指差した。

梯子《はしご》のような急階段を上り、二階の六畳間に首を出す。

「よう、来たかい」

孤の重三郎が、紫煙をぶはあっと吐きだした。

煙草盆《タバコぼん》を寄せ、煙管《キセル》の雁首《がんくび》を縁に叩きつける。

「まあ、座ってくれ。おめえさんを呼びだしたのはほかでもねえ、いの一番で報《しら》せてえことがあってな」

「はあ」

「親五菜《おやごさい》の達磨屋藤兵衛が、橋向こうの百本杭《ひゃっぽんぐい》に浮かびやがった」

と聞き、慎十郎は顔をしかめた。

「嫌な予感が的中したって顔だな」

藤兵衛は、からだじゅうを膾斬《なますぎ》りにされていたらしい。

「無残なほとけだったぜ。しかも、手足の爪をぜんぶ剝《は》がされ、舌まで抜かれていやがった」

「舌まで」

「みせしめだよ。これ以上、首を突っこむなってこと」

重三郎は袖口《そでぐち》に手を入れ、銀の匙《さじ》を取りだした。

「ほとけがな、こいつを握らされていやがった」

「何だそれは」

「香匙だよ。ほれ、手に取って柄のところをみてみな」

言われたとおりに眺めると、柄に葵《あおい》の紋所が彫られている。

「そいつを使えるのは、御台《みだい》さまかお腹さまぐれえのもんだろうよ。親五菜の手に匙を握らせたのは、霧島にちげえねえ。お上《かみ》の権威を楯《たて》に取り、脅しつけていやがるのさ。へへ、でもよ、そんな脅しに屈するほど、孤の重三郎はやわじゃねえ」

強がりを言いながらも、重三郎は目に涙を溜《た》めている。

行方知れずのおもとの安否が案じられてならないのだ。

「養父の五州屋吉兵衛が消えちまった。まるで、煙のようにな。こっちの動きを悟られたのかもしれねえ。そうなりゃ、早晩、おめえさんにも敵の魔の手がおよばねえともかぎらねえ」

「そんなことを告げるために、わざわざ呼びだしたのか」

「用心してほしいのさ。おめえさんは侠気《おとこぎ》から大奥へ乗りこみ、命を張ってくれた。あれだけのことをさせておいて、命まで落とされたら、おれの立場がねえ」

「心配無用だ。それより、娘の居所を一刻も早くつきとめねばなるまい」

「すまねえ。そうおもってくれんのかい」

「あたりまえだ」

「おれはてっきり、嫌われちまったとおもったぜ」

「余計なことは考えるな。娘を救うのが先決だろう。おもとはきっと、この江戸の何《ど》処《こ》かにいる」

根拠はないが、慎十郎はそう確信していた。

――兎は囲って骨抜きにしてから、唐人船に売るのよ。

舌を嚙《か》んで死んだ村瀬の意味深長な台詞《せりふ》が、今でも耳にしっかり残っている。

娘たちは大奥から連れだされても、すぐには売られず、何処かに留めおかれて「骨抜き」にされているはずだ。

だとすれば、救いだす機会はまだある。

「おもとは生きている。父親のあんたが助けてくれるのを信じて、懸命に祈っているはずだ」

「ああ、おめえさんの言うとおりだ。物事は前向きに考えなくちゃいけねえ」

ぐすっと、重三郎は洟《はなみず》を啜《すす》る。

「へへ、身内にも弱気なすがたを晒《さら》したことはねえのにな。まったく、だらしのねえ男だぜ」

「あんたの執念は、きっと実を結ぶさ」

慰めを言ってはみたものの、五州屋が煙と消えた今となっては、おもとに繫《つな》がる手懸かりは断たれたも同然だった。

重三郎に注がれた上等な酒の味も、苦いものにしか感じられない。

慎十郎は半刻《はんとき》（約一時間）ほど付きあい、再会を約束すると、閑古鳥の鳴く矢場を後にした。

三

酔えずに神田川沿いの土手を歩き、昌平橋《しょうへい》を渡って神田明神下《みょうじんした》を北へ向かう。

途中で迂回《うかい》するように裏道へ踏みこんだのは、辻《つじ》に佇む仕舞屋《しもうたや》の軒下に薄紅色の石楠花《しゃくなげ》をみつけていたからだ。

石楠花は山でしかみかけない花だけに珍しく、慎十郎はすでに何度か愛《め》でにきた。おおかた、仕舞屋の主人が株を持ちかえり、上手に育てあげたのだろう。

毬谷道場の裏山にも、今ごろの季節、石楠花は咲きほころんでいた。

母が花を一輪手折り、艶《つや》やかな丸髷《まるまげ》に挿したことをおぼえている。

ひょっとしたら、それは勘違いかもしれない。物心ついたころ、母は天に召されていた。たぶん、兄たちに聞かされたはなしだろう。たとえ、自分の記憶でないとしても、慎十郎はいっこうにかまわなかった。

「母上」

軒下に屈《かが》み、月影を浴びて楚々《そそ》と咲く石楠花を眺めていると、切なくも懐かしい心持ちに浸ることができる。

しばらく花を愛でていると、背後から何者かの気配が近づいてきた。

静かに鯉口《こいぐち》を切り、振りむきざまに抜刀する。

「ふん」

白刃は空を斬った。

「待て、わしだ」

闇の狭間《はざま》から、牛のような体軀《たいく》の男があらわれた。

大林主水である。

「何だ。あなたか」

「何だはなかろう」

「尾《つ》けたのですか」

「ああ、おぬしを尾けておる者があるかもしれぬゆえな。用心には用心をかさねろというやつだ」

「矢場へも来られたのですか」

「外で待ちくたびれたぞ。相手は誰だ」

「菰の重三郎」

という名を聞き、大林は怪訝《けげん》な顔をする。

「知っておる。闇の顔役ではないか。どうして、そのような危うい男と関《かか》わったのだ」

「はなせば長くなります」

「酒が要るな。よし、従《つ》いてこい」

大林は先に立ち、来た道を戻りはじめた。

露地をいくつか曲がり、神田花房町の裏店へ踏みこむ。

「橋を渡れば筋違《すじかい》御門だ。このあたりは不夜城でな」

不夜城というわりには、灯《あか》りに乏しい。淫靡《いんび》な雰囲気の漂う露地裏に沿って、軒《のき》行灯《あんどん》が点々と繋がっているだけだ。

軒行灯のひとつに足を向け、大林はくすっと笑う。

「吉原のように、花魁《おいらん》は出てこぬぞ」

黒板塀に身を寄せ、入口とおもわれる板戸を遠慮がちに敲《たた》く。

すると、音もなく板戸が開き、内から白塗りの顔が覗《のぞ》いた。

「あら旦那《だんな》、ぶんぶく亭へようこそ」

筋骨隆々とした白塗りの男が、科《しな》をつくって手招きする。

慎十郎は抗《あらが》ってみせたが、ふたりがかりで引きずりこまれた。

「ぬふふ、観念せい」

大林は、身をよじらせて笑った。

「ぶんぶくとは茶釜《ちゃがま》のことだ。かまと茶釜を掛けたのさ。もうわかったであろう。ここは蔭間《かげま》茶屋だ」

流し目を送ってくる「女将《おかみ》」は、名を喜久助《きくすけ》という。

以前は、神田界隈《かいわい》の荒くれどもを束ねる陸尺《ろくしゃく》の頭目であった。

大林とは二年ほどまえに知りあい、それから懇意にしているらしい。

なかなか面白そうな人物だが、白塗りに紅を差した顔は正視に堪えなかった。

「なぜか、妙に馬が合うのさ」

大林に聞かされ、慎十郎はふたりの仲を疑った。

「案ずるな。わしは衆道ではない。ここは隠れ家に使っておる」

喜久助が、鼻をひくひくさせながら迫った。

「あんた、好い男ねえ」

胸のあたりを触られ、ぞわっと鳥肌が立つ。

「やめろ、莫迦《ばか》たれ」

邪険にすると、拗《す》ねてみせる。

大林は、肩を揺すって嗤《わら》った。

「気にするな。喜久助は遊んでおるだけだ」

建物は奥行きが深く、鰻《うなぎ》の寝床のように部屋がいくつも繋がっていた。

「おぬしが忍んだ大奥も、このようなところであろう」

たしかに、そうかもしれない。「糞《くそ》の道」を必死に逃げてきたことが、遠いむかしの出来事のように感じられた。

奥まった狭い部屋に落ちつくと、喜久助がみずから酒肴《しゅこう》を運んできてくれた。

「昨今は不景気で、手が足りないんですよ。殿方に人気の若衆髷を何人も置きたいんだけど、芝居小屋に縁がないと調達が難しくってねえ。でも、あたしみたいなのを好いてくれる奇特な方もおられるんですよ。ふふ、たとえば、名高い寺のご住職とかね」

喜久助は軽口を叩き、するりと居なくなる。

「余計な接待はせず、放《ほう》っておいてくれる。そのほうが気楽でよかろう」

ふたりは差しつ差されつし、慎十郎は問われるがままに重三郎との関わりを語った。

「なるほど、大奥へ忍びこんだのは、重三郎の愛娘《まなむすめ》を救いだすためであったか。おぬしもよくよく、こたびの一件と縁が切れぬらしいな」

「はあ」

「それにしても驚かされた。五州屋吉兵衛が忽然《こつぜん》と消えたのは、おぬしらのせいであったか」

大林は深く潜行し、抜け荷に手を染める五州屋を調べていた。

「五州屋吉兵衛はただ者ではない。あれは商人になりすました悪党だ」

「商人でなければ、何者なのです」

「まだわからぬ。あとわずかで正体が割れるところまでいったが、おぬしらのせいで逃してしもうた」

「わたしらのせいですか」

「気に病むな。手懸かりはまだある」

大林は盃《さかずき》を置き、一段と声をひそめる。

「五州屋を張っておったら、とある大物との繋がりが浮かんできた」

大物の素姓は口にせず、大林は酒をなみなみと注《つ》いでくれる。

「もしかしたら、悪事の黒幕かもしれぬ」

「黒幕」

それは、霧島ではないのか。

「霧島も悪女だが、滅多なことでは表に出ない悪党がもうひとり控えておるやもしれぬのだ。ま、確証が得られたら、おぬしにも教えてやろう」

「水臭いはなしだな。それは蛇の生殺しというものでしょう」

「もうしばらくの辛抱さ。今おぬしに暴走されたら、何もかも水の泡になっちまうからな」

不満げな慎十郎の様子を眺め、大林は片眉《かたまゆ》を吊《つ》りあげる。

「詮方あるまい。さわりだけ教えてやろう。その大物は、向島の大きな御屋敷に住んでおる」

「向島」

「知らぬのか、山出し者め。向島はな、大川の対岸にある物淋《ものさび》しいところだ。耳を澄ませば鳥の囀《さえず》りだの、清流のせせらぎだのが聞こえ、目玉が飛びでるほど値の張る料理屋なんぞもあったりする」

風雅を求める文人墨客に人気のあるところで、大林に言わせれば「暇人どもが余生を送る江戸の奥座敷」にほかならぬという。

「ふふ、われながら上手《うま》い喩《たと》えだ。大奥から奥座敷へ。なるほど、ふたところは目にみえぬ回廊で繋がっているのやもしれぬ」

大林はひとりで合点し、銚子《ちょうし》をかたむけて空にする。

頃合いをみはからったように足音が近づき、喜久助が燗酒《かんざけ》と里芋の煮っころがしを運んできてくれた。

「うほほ、こいつを食わしてやりたかったんだ」

ほくほくの里芋を美味《うま》そうに食べる大林をみているだけで、慎十郎はありがたい気分になった。

四

翌日、丹波道場。

鳩香堂には内々に使いをやったが、迎えはいっこうにあらわれない。

おるいの身柄はまだ、丹波道場で預かっていた。

精神を病んでおり、食事はほとんど受けつけない。何よりもことばを失っているので、どのような仕打ちに遭わされたのかもわからなかった。

ただ、痩《や》せほそって虚《うつ》ろな様子をまのあたりにすれば、惨《むご》い責め苦を負わされたことは容易に想像できる。正直、迎えがきても放りだせるような状態ではないと、咲はおもっていた。

「……兄《あに》さん、兄さん」

時折、おるいは譫言《うわごと》でそう繰りかえした。いちばん逢いたい相手なのかもしれない。双親《ふたおや》の名を口にしない理由など、憶測してもはじまらなかった。

やがて、暮れ六つ（午後六時頃）が近づいたころ、おもいがけない人物が訪ねてきた。

「ごめんくださいまし」

応対に出た一徹が、不審げな顔で戻ってくる。

「なよなよした男が来おった。おぬしに用があるらしい」

「わたしに」

咲が松葉杖を突いて出てみると、一徹が言ったとおり、細面で撫《な》で肩の町人がひとり立っている。

咲は小首をかしげた。

「あの、わたしに何か」

「咲さま、この顔に見覚えはございませんか」

「え」

どこかでみたような気もするが、おもいだせない。

「すっぴんですからね、おわかりになられぬのも無理はない。木戸芸者の笑吉にございます。いつぞやは、お世話になりました」

「まあ、あのときの」

市村座、色とりどりの幟旗《のぼりばた》、雑踏を一目散に駆けぬける巾着切《きんちゃっきり》と白い狆《ちん》。

芝居町での出来事が、鮮明に蘇《よみがえ》ってくる。

「おもいだしていただけましたか」

「ええ、あなたは風のようにわたしを追いぬき、もう少しで巾着切に追いつくところでしたね」

「あと少しで追いつけず、御殿女中の供人から無礼討ちにされるところを、咲さまに助けていただきました。咲さまは命の恩人です。噂《うわさ》によれば、あのときの縁で大奥へ参内《さんだい》なされ、お怪我を負われたとか。わたしのせいです。わたしが往来のまんなかで立ちどまっていなければ、こんなことには」

「お顔をあげてください。あなたのせいではありません。それより、今日は何のご用です」

「はい。鳩香堂の旦那《だんな》さまからご一報をいただき、馳《は》せ参じた次第にござります」

「え」

はなしがみえない。

笑吉は、泣き笑いのような顔をする。

「妹のおるいが、こちらでご厄介になっていると聞きました」

「え、おるいどのは笑吉さんの」

「たったひとりの妹にござります」

「そうだったのですか」

運命の綾《あや》をおもわずにはいられない。

笑吉はできのわるい双親によって蔭間茶屋へ売られ、若衆髷を結って客を取らされていた。やがて双親が亡くなったので、蔭間をやりながら幼い妹を養った。貧しい境遇に身を置いてもあきらめず、女形《おやま》になるための芸を密《ひそ》かに磨き、血の滲《にじ》むような精進と亭主の薦めもあって、三座の舞台に立つまでの役者になった。

ところが、贔屓《ひいき》筋《すじ》に招かれた酒席で酔客にからまれ、刃物で顔を傷つけられてしまった。役者は顔が命、ひと夜の不運を境に二度と舞台は踏めぬようになり、木戸芸者に転落したのだという。

一方、妹のおるいは成長するとともに、巷間《こうかん》でも評判の縹緻《きりよう》良しになった。おるいを幸福にしたい一心で、笑吉はさまざまな伝手《つて》をたどり、鳩香堂の主人に頼んで養女にしてもらったのである。

「大奥へあがると聞いたときは、狂喜いたしました」

おるいは、笑吉の誉れとなった。だが、落ちぶれた木戸芸者の妹と知れたら、世間の聞こえも悪い。大奥奉公にも差しさわりがあるだろうと察し、妹には二度と逢わぬと胸に誓っていた。

「鳩香堂の旦那さまは、たいそうなお怒りようでした。おるいが何か不始末をやらかしたおかげで、とんだとばっちりをこうむったと仰せで」

御用達《ごようたし》から外されたばかりか、半年におよぶ商い停止を申しわたされ、廃業に追いこまれかねない窮状らしい。

「おるいの顔などみたくないから、行きたけりゃおまえが迎えにいってこいと。そのように言われ、手土産も持たずにやってまいりました」

「そうでしたか」

鳩香堂の主人は、おるいを見捨てたのだと、咲は理解した。

笑吉は自分が妹の面倒をみようと、腹を括《くく》ってきたのだ。

「ともあれ、こちらへ」

咲は笑吉を招じいれ、奥の部屋へ案内してやった。

哀れな木戸芸者は部屋に踏みこむなり、うっと絶句する。

窶《やつ》れきった妹のすがたを目にして、あまりの衝撃に腰が砕けてしまった。

「お、おるい……ど、どうして、このようなことに」

笑吉は呻くようにつぶやき、畳を必死に這《は》いずった。

咲は溢《あふ》れそうになる涙を怺《こら》え、怒りのかたまりをぶちまける。

「おるいどのが悪いんじゃない。不始末なんて何ひとつしていないのに、大奥に巣くう悪いやつらのせいで、あんなふうにされてしまったのです。おるいどの、譫言で何度も『兄さん、兄さん』と繰りかえしていた。きっと、あなたたちは仲の良い兄妹《きょうだい》だったのでしょうね」

「おるい」

庄吉は絶叫し、褥《しとね》に横たわる妹に抱きついた。

おるいは反応せず、じっと目を瞑《つぶ》ったままだ。

が、咲はみつけていた。

眦《まなじり》からひと筋の涙が零《こぼ》れたのに気づき、それは希望の光なのではないかとおもった。

もう、心配ない。

おるいは、失ったことばを取りもどすであろう。

そのときは、心を鬼にして問わねばなるまい。

大奥でいったい、何があったのか。

心の傷に触れることになっても、それだけは聞きださねばならぬ。

このとき、道場の外に不穏な気配が漂いはじめたことを、咲は気づくことができなかった。

五

それから三日ほど、迎え梅雨の到来をおもわせる小雨が降りつづいた。

慎十郎は憔悴《しょうすい》した面持ちで雨に濡《ぬ》れるにまかせ、水面に無数の杭《くい》が打たれた大川の縁に佇《たたず》んでいる。

ここは本所百本杭、土左衛門のよく浮かぶところだ。

足許《あしもと》には筵《むしろ》が敷かれ、膾斬りにされた遺体がひとつ横たわっていた。

大林主水である。

「親五菜の達磨屋藤兵衛と同じ手口だぜ」

かたわらで吐きすてるのは、一報をくれた闇鴉の伊平次だった。

遺体を目にしても、大林の死は信じられない。

花房町の蔭間茶屋で、里芋の煮っころがしを美味そうに食べていた。

筵に捨てられた無残な遺体が、同じ人物だとはとうていおもえなかった。

「黒幕の正体を教えてくれると言ったのに」

約束を果たさずに死んでいった。

大林はおそらく、黒幕の足許まで迫ったにちがいない。

無理をして捕まり、責め苦を受けたあげくに殺されたのだ。

「妹の仇を討てず、さぞや無念であろうな」

慎十郎は屈み、血の気を失った大林の手を握った。

人の命を軽く扱う者たちのことを、心の底から憎いとおもった。

「おれは約束を守る。あんたと妹の無念は晴らしてみせる」

慎十郎の気迫に吞《の》まれ、伊平次はひとことも発しない。

やがて、捕り方どもがあらわれ、野次馬も増えてきた。

後ろ髪を引かれるおもいで遺体から離れたとき、ふいに声を掛けられた。

「慎十郎、やっと会えたな」

涙目で振りかえると、ひょろ長い月代侍《さかやき》が油断のない様子で立っている。

石動友之進にほかならない。

燻《くすぶ》っていたものが爆発した。

「てめえ、この野郎」

慎十郎は怒りにまかせ、友之進の胸倉を摑《つか》む。

「妹のおれんに何をやらせた。てめえのせいで、大林さんは殺されたようなもんだろうが」

「撲《なぐ》りたきゃ、撲れ。わしだって悲しいんだ。おぬしなんぞより、大林さんとの付きあいは古いからな」

「くそっ」

慎十郎は手を放し、固めた拳《こぶし》で自分の頬を撲った。

鈍い音がして、唇《くち》もとから血が流れる。

友之進は襟元を整え、血走った眸子を向けた。

「大林主水の死は無駄ではなかった。慎十郎よ、その理由が知りたくはないか」

「何だと」

「知りたきゃ、従《つ》いてこい」

友之進は川端から離れ、大股《おおまた》で勝手に歩きだす。

やりきれないおもいを嚙《か》みしめ、慎十郎も歩きだした。

たどりついたところは縄手高輪《たかなわ》の船宿、以前にも友之進に連れてこられたところだった。

「赤松豪右衛門に会わせる気か」

「ああ、そうだ。おれんは主命により、間諜《かんちょう》として霧島を探った。最初は西ノ丸焼失の原因を探り、おるいという行方知れずの多聞《たもん》を捜しだすのが役目であった」

「おるいなら、丹波道場におるぞ」

「知っている。おぬしが大奥から救いだしたのもな。正直、なぜ、命を賭《と》してまで救ったのか、わしにはわからぬ。御前《ごぜん》も聞きたがっておられたが、いずれにしろ、おぬしはこたびの件に深く関わってしまった。大林さんとも懇意になり、寒さ橋の桟橋まで行ったな。抜け荷で持ちこまれた富春の伽羅を手にしたはずだ」

「どうして、それを知っておる」

「言ったろう。大林さんとは古い付きあいだと」

たいていのことは、本人の口から聞きだしていたらしい。

「五州屋吉兵衛のことも、五州屋の背後に控える黒幕のこともか」

「ああ」

「大林主水を利用しやがったな」

「そうだ。おぬしは知らぬだろうが、うちの藩では一度横目付を辞した者は二度と復帰できぬ決まりになっている。だから、命を授けることはできなかった」

妹を亡き者にされた私憤を利用し、悪事のからくりを調べさせるしかなかった。

「大林さんも、わかってくれたぞ」

「ふん、糞食らえだ」

「慎十郎よ、御前にも、そうやって悪態を吐くのか」

「誰であろうと、遠慮はせぬ」

「なるほど、おぬしならやりかねぬな」

夜も更けたころ、ふたりは外に出た。

雨はあがったが、見上げる天に月はない。

栈橋に吹きつける風は生温《なまぬる》く、重たい感じがする。

軋《きし》む栈橋を進むと、屋根船の艫灯《ともあか》りがみえてきた。

気分がずんと沈んでくる。

船のなかで待っているのは、龍野藩五万一千石の江戸家老なのだ。

赤松豪右衛門が一本筋の通った骨太の人物であることは認める。しかし、今ひとつ信用しきれない。会えばかならず、面倒事を頼まれるにきまっていた。黒天狗を成敗するときもそうであった。

――世のため人のため、武士ならば自らを犠牲にしてでもやり遂げろ。

斬られた恩人のことを持ちだして巧みに説得され、仕舞いには父が豪右衛門に託した文までみせられ、命を拒むことができなかった。

――捨身《しゃしん》。

父の文には、そう書かれていた。

身を捨てて、命に代えても、信じる者のために闘うのだ。

そうした男になってほしいとの願いが「捨身」という二文字には込められていた。

しかも、名君と評される脇坂家の当主安董の主命であるとたたみかけられ、口惜しいことに平伏《ひれふ》すことしかできなかった。

何者にも帰属せず、流れる雲のようでありたいと願いつつも、慎十郎は心の何処かでみずからを支えてくれる寄る辺を求めている。

おそらく、それが安董なのであろう。

たしかに、そうおもわせるだけの威風と懐の深さを備えていることは認めざるを得ない。だが、一方では、誰かに頼りたいと願う弱い自分を認めたくはなかった。否定し、拒みつづけたいがために、安董の掌中から逃れたくなるのだ。

自分のなかに相反する心の動きをみつけたとき、慎十郎はどうにも居たたまれない気持ちにとらわれた。

「友之進よ、頑固爺《じじい》はどうして、藩邸で会おうとせぬのだ」

「さあ、知らぬな」

「黒天狗のときも、ちらりとおもった。ひょっとして、それは孫娘の静乃さまに邂逅《かいこう》させぬためか」

「え」

友之進は意表を突かれ、絞められた鶏のような顔をする。

「ん、そうなのか。孫娘とおれを邂逅させたくない一心から、屋根船なんぞへ出向いてくるのではあるまいな」

「んなわけがあるまい。御前がおぬしごときのことで、そのような姑息《こそく》なまねをなさるはずがなかろう」

「ふっ、それもそうか。しかし、おぬしは変わったな」

「何がどう変わった」

「むかしはもっと、熱い血の通った男だった。今では血も涙もない、干涸《ひか》らびた干瓢《かんぴょう》みたいな男になりよった」

「ふっ、干涸らびた干瓢か。あいかわらず、わけのわからぬ喩えを使う。まあよい。御前の命を受けてこい」

「御免蒙《こうむ》る」

「何だと」

「おれは、みずからの信じた道を進む。頑固爺に会うのは、黒幕とやらの正体を知るためだ」

友之進はじっと慎十郎をみつめ、意味ありげに問うてくる。

「黒幕を斬るのか」

「正真正銘の悪党ならな」

「悪党なら、誰でも斬るのか」

「ん、何が言いたい」

友之進はことばを吟味するように、ゆっくりと喋《しゃべ》った。

「いかに悪党でも、黒幕を斬るべきかどうか。そのあたりの判断は難しいぞ」

「ふん、わけがわからぬ。それなら、おれに何をやらせたい」

「御前から聞け」

黒幕を斬れば、不都合なことでもあるのだろうか。それゆえ、斬らぬという確約でも取りたいのか。だとすれば、これほどふざけたはなしもあるまい。

気づいてみれば、桟橋の先端までたどりついている。

「さあ、お待ちかねだ」

厳《いか》めしげな友之進に促され、慎十郎は船上の人となった。

障子を開けると、白髪の豪右衛門が盃を手にして微笑《ほほえ》んでいる。

「よう、生きておったか」

「は」

「近う寄れ」

返杯の盃を渡され、注がれた酒をひと息に呑みほす。

「ふふ、おぬしとはどうやら、切っても切れぬ縁のようじゃな」

「はあ」

静乃の近況を知りたくなったが、自重しなければなるまい。

「何ぞ、言いたいことでもあるのか」

「大林どのを見殺しになされたのですか」

最初から鋭く切りこまれ、豪右衛門はただでさえ無骨な顔をいっそう強張《こわば》らせた。

だが、怒りを静かに呑みこみ、薄笑いを浮かべてみせる。

「おぬしは四年前から、少しも変わらぬな。口の悪さは天下一品じゃ。よいか、大林主水は使命に殉じたまでのこと」

「主命も与えず、都合のよいことを仰《おつしや》る」

「何じゃと」

「単独で動かさねば、あたら命を落とすことはなかったやも。ちがいますか」

「わしを責めるのか。責めたところで、ほとけは還《かえ》ってこぬぞ」

慎十郎は、ぐっと返答に詰まった。

豪右衛門は眉《まゆ》の剛毛をそびやかし、朗々と説きはじめる。

「逝《い》った者たちの遺志を生かす。それこそが、遺《のこ》された者の使命であろうが。大林主水の妹れんは、大奥の腐敗した有り様を探りだしてくれた。そして、兄の主水は私憤に駆られたとは申せ、みずからの信じる使命に従って動き、悪女霧島とも繋がる抜け荷のからくりをあばいてみせた。いまだ充分な確証は得られてはおらぬが、ふたりのおかげで悪事の大筋は描くことができそうじゃ」

「されば、大筋とやらをお聞かせ願いましょうか」

「無論、教えてつかわそう。されど、それを聞いた以上、勝手な真似《まね》は許さぬ。一から十までわしの命に従わねばならぬが、それでよいのか」

「悪党退治にござりましょう。ならば、御前に命じられるまでもござらぬ」

「やる気満々なのはけっこうなことじゃが、やらぬという判断もある」

「どういうことです」

怒りをおぼえた。やはり、黒幕を成敗させたくないのだ。

「誰をやり、誰をやらぬか。そうしたことの判断もふくめて、わしの命に従え。従えぬと申すなら、尻尾《しっぽ》を巻いて出ていくがいい」

蛇のような眸子で睨《ね》めつけられ、慎十郎は黙るしかなかった。

六

おるいが喋った。

はなしの内容は、想像を超える霧島の恐ろしさを印象づけるものだった。

役者浦田甚五郎を櫃《ひつ》ごと焼きはらった行為は、まさに常軌を逸している。それが西ノ丸を焼き尽くした原因にもかかわらず、御膳所《ごぜんしょ》の役人に腹を切らせて平然としている態度も常人のものとはおもえない。

さらに、霧島は「富春の伽羅」なる高価な香木を入手すべく、部屋の多聞を誑《たぶら》かし、とあるところに軟禁して責め苦を与えたり、辱めを受けさせたのち、代金の一部として唐人船に売りはらっていたという。しかも、そうした信じがたい内容はすべて、霧島本人の口から直《じか》に聞かされたものであった。

おるいは「開かずの間」の柱に縛りつけられ、さも楽しげに喋る霧島の様子を目に焼きつけていた。

「それは、物狂い以外の何者でもありませんでした」

おれんのように殺されずに生かされたことで、おるいは精神を病んでしまった。

かりに、霧島の悪行をしかるべきところに訴えでたところで、役人たちは誰ひとり信じまい。幸い、兄笑吉の心のこもった世話のおかげで、おるいは日増しに元気を取りもどしつつある。

咲は霧島が娘たちにおこなった仕打ちを憎み、沸騰する怒りを抑えかねた。

一徹に相談しても「相手がわるすぎる。ここは隠忍自重じゃ」と、らしくもないことを言う。しかも「気の短い慎十郎には喋らぬほうがいい」とまで言われ、怒りの持っていき場に困っていた。

咲は道場から外へ逃れ、雨上がりのひんやりとした空気に肌を晒《さら》しながら、不忍池の畔《ほとり》を散策しはじめた。

夕暮れの空はどんよりと曇り、水面《みなも》は鉛色に沈んでいる。

島田髷に町娘の装いで、腰に両刀はない。

松葉杖に支えられて歩くのがもどかしく、腹の底から叫びたい衝動に駆られた。

慎十郎なら、虎のように咆吼《ほうこう》しているかもしれない。

吼《ほ》えたあとはすっきりした顔で、呵々《かか》と嗤《わら》いあげることだろう。

「逢いたい」

慎十郎に慰めてほしいとおもった。

命に代えても守ってみせると言ってほしかった。それほどに心が弱っている。

近頃は道場にもろくに帰ってこない。帰ってきても、むっつり黙りこむことが多くなった。大林主水という龍野藩の侍が無残な死を遂げて以来、人が変わってしまったかのように落ちこんでいる。人知れず涙を零す姿をみつけると、咲も胸が痛んだ。

澄みわたる青空のような笑顔を取りもどしてほしい。そう、祈らずにはいられなかった。

あたりは薄暗くなってきた。

「逢魔刻《おうまがとき》」

日に一度、人はこの世とあの世のあわいに紛れこむという。

鳥居の向こうに、弁天島へ通じる太鼓橋がみえた。

池には無数の蓮《はす》の葉が浮かんでいる。

――ばしゃっ。

大きな鯉が汀《みぎわ》に跳ねた。

――どおおん。

破裂音が轟《とどろ》き、ふたつの水柱が高々と立ちのぼる。

「えっ」

おもわず、咲は仰《の》けぞった。
水柱の頂部に人影が躍り、礫《つぶて》を投げつけてくる。
いや、礫ではない。
先端の尖《とが》った鉄のかたまりが、足許《あしもと》の土に刺さった。
苦無《くない》と呼ぶ飛び道具だ。
「忍びか」
ふたりいる。
柿色装束の刺客どもが、ふわりと池畔に降りたった。
ひとりは忍び刀を抜き、もうひとりは分銅《ふんどう》付きの鉄鎖をぶんぶんまわす。
悪夢でもみているようだ。
――びゅん。
分銅が唸《うな》りをあげ、鼻先へ伸びてきた。
命中する寸前で躱《かわ》し、横跳びに逃げる。
そこへ、白刃が振りおろされた。
「くっ」
仰向けで杖を振り、弾《はじ》きかえす。

杖は堅い樫《かし》の木で、一徹が器用に削ってくれたものだ。

どうにか体勢をたてなおしたところへ、ふたたび、分銅が飛んでくる。

「ぬっ」

首を反らして除《よ》けたが、足の痛みでおもうように動けない。

雄々しく闘うしか手はないが、咲は寸鉄も帯びていなかった。

分が悪すぎる。

「すわっ」

黒い影は左右に分かれ、同時に攻撃を仕掛けてくる。

ずばっと袂《たもと》を断たれた瞬間、咲は杖の先端で相手の股間《こかん》を突いた。

「ぬげっ」

ひとりが蹲り、這うように逃げていく。

もうひとりは覆面をずりさげ、ぴっと指笛を吹いた。

背後の笹叢《ささむら》が揺れ、三人の新手が飛びだしてくる。

そのうちのひとりは堂々とした体軀《たいく》の持ち主で、どうやら頭目らしい。

「丹波咲、さすがじゃのう。噂どおりの腕前よ。されど、四人の忍び相手にどこまでやれるかな」

咲は囲まれ、水際へ追いこまれた。

「ふっ、背水の陣か。甘いわ」

どんと破裂音が轟き、背後に一段と高い水柱が立ちのぼった。

「わっ」

何と、六人目の忍びが水中に潜んでいたのだ。

驚いて振りかえった咲の正面へ、頭目が拳《こぶし》を突きだしてくる。

なぜ、拳なのかわからない。

躱せず、鳩尾《みぞおち》に鈍痛をおぼえた。

「ぬぐっ」

頭のなかが真っ白になる。

気づいたときには、池のなかで溺《おぼ》れかけていた。

必死にもがき、水面に顔を出す。

景色が一変していた。

「ぐえっ」

柿色装束のひとりが血を吐き、別のひとりも斬りふせられている。

助《すけ》っ人《と》がいた。

三人目の忍びが一合も交えずに斬られると、頭目はたまらずに「退《ひ》け」と発した。

ふたつの影が藪《やぶ》に消え、三体の屍骸《むくろ》が残された。

屍骸のそばで納刀した男は、背の高い月代《さかやき》侍だ。

咲はずぶ濡《ぬ》れで袂を絞りながら、汀へ戻ってきた。

「……あ、あなたは」

「石動友之進です。危ういところでござったな」

「様子を窺《うかが》っておられたのですか」

「いざとなったら助けるつもりでね」

腹立たしい男だ。助けるつもりなら、最初から顔を出してほしかった。

「連中を尾《つ》けてきたら、咲どののもとへ行きついた」

「何者なのです」

「たぶん、御広敷《おひろしき》の手練《てだ》れでしょう。この時代、ほかに忍びはおりませんからな」

「されば、霧島さまの手下」

「さて、それはどうか。なにせ、連中のすがたを見定めたさきは、大奥ではござらぬ」

「何処なんです」

「向島、中野碩翁の隠居屋敷」

「中野碩翁」

名は聞いたことがある。

お美代の方の養父で、大御所《おおごしょ》家斉のおぼえめでたく、七十の齢を超えて隠居した今も権勢を維持している。何事にも如才なく応じる能力に長《た》け、幕府では御小納戸頭取《おこなんどとうどり》として権力をふるい、剃髪《ていはつ》して「碩翁」と称するようになってからは優雅な生活を送りつつ、折をみては千代田城へも顔を出していた。

家斉から「播磨《はりま》、播磨」と頼りにされ、良き相談役としての地位を築いている。ために、周旋を求める諸大名や豪商はひきもきらず、黙っていても莫大《ばくだい》な賄賂《まいない》が集まった。向島の屋敷は大名の下屋敷とも見紛《みまご》うばかりで、老いてもいっこうに衰えを知らぬ贅沢《ぜいたく》な暮らしぶりは「天下の楽に先んじて楽しむ翁」と、高名な漢学者にも揶揄《やゆ》されているほどだった。

友之進は、咲に手拭《てぬぐ》いと羽織を貸した。

「風邪をひきます。道場までお送りしましょう」

ふたりは肩を並べて歩き、道々、会話を交わした。

「じつは、碩翁が一連の悪事の黒幕ではないかと疑っております」

友之進は確証を得んがために、碩翁邸を窺っていた。そこで、怪しげな者たちを見掛けたのだ。

「なぜ、わたしを狙《ねら》ったのでしょう」

「おるいですよ。おそらく、鳩香堂の線からたどったのでしょう。おるいが生きていては、まずいことでもあるのです。咲どの、何か心当たりは」

「ございます」

咲がうなずくと、友之進は目を輝かせた。

「されば、じっくり聞かせてもらいましょう」

「お待ちを」

「ん、どうなされた」

「あの連中、わたしを殺《あや》めるつもりはなかったようです」

友之進は立ちどまり、宙に目を泳がす。

「たしかに、頭目らしき男は刀ではなく、拳を使ったな」

「わたしを生け捕りにしたかったのではないでしょうか」

「いったい、どうして」

大奥に棲《す》む魔物が、咲に尋ねたいことでもあったのだろうか。

「霧島ですな。尋ねたいのは、おるいのことでしょうか」

「いいえ。それならば、口封じをすればよいだけのこと。命を狙ったはずです」

「されば、何を聞きだしたいのだとお思いか」

「わかりません」

咲は濡れ髪をかたむけ、悪戯《いたずら》っぽく微笑んでみせる。

「もういちど、大奥へ参ってみましょうか」

「え、それは。虎穴《こけつ》に向かうようなものでござりましょう」

「虎穴に入らずんば虎子《こじ》を得ず、とも申しますよ」

咲の瞳《ひとみ》に殺気が宿ったのを見定め、友之進は豪右衛門に課された命を託してもよいとおもった。

七

卯月も終わりに近づいた頃、咲は千代田城の二ノ丸大奥へ参内《さんだい》する機会を得た。

一度目の参内から、ひと月近くが経過している。

足の快復はおもいのほか速く、松葉杖はもはや必要ない。

男装に身を固め、腰に両刀を差し、少し足を引きずりながらも、堂々と胸を張って歩いた。

西ノ丸の御年寄として権力を誇示する霧島は、香の焚《た》かれた部屋で待っていた。

咲は七つ口で大刀こそ預けたが、脇差《わきざし》の携行は許されている。

殺《や》ろうとおもえば、できない相談ではなかった。

「丹波咲どのか。よくぞおいでなされた。その折はご迷惑を掛けたな。足の調子はどうじゃ」

「あと半月もすれば、完治いたしましょう」

「それは重畳《ちょうじょう》。して、今日は何用でおいでか」

「霧島さまのほうこそ、わたくしに何かお尋ねになりたいことがおありかと」

睨みつけてやると、霧島は切れ長の眸子をほそめる。

「はて、何であったかの」

「ご自分のなされたことをお忘れですか。あなたは鬼のようなお方です」

「ほほ、ほほほ」

霧島は袂で口を隠し、わざとらしく笑ってみせる。

「勇気のある御仁じゃ。この霧島に牙《きば》を剝《む》く気かえ」

「是非ともお聞かせ願いたい。あなたはいったい、何を欲しておられるのです」

金か、それとも、地位の安泰か。

「すべてじゃ」

霧島の顔から、笑みが消えた。

「お世継ぎのこともいずれは、意のままにしてくれよう」

世継ぎのことなど、咲にはどうでもよかった。おれんを亡き者にし、おるいやほかの娘たちに惨《むご》い仕打ちをした行為が許せない。

「みずからの欲望を満たすために、弱い者たちを平然と犠牲にする。それでも、あなたは人か」

「黙れ、小娘」

一喝されても、咲の怒りはとどまるところを知らない。

「わたくしに刺客を放たれましたね」

「ふん、刺客とは大袈裟《おおげさ》な。察しのとおり、問いたいことがあったのじゃ。おぬし、毬谷慎十郎なる者を知っておろう。いったい、どのような男じゃ」

「毬谷慎十郎が、どうかしたのですか」

咲は動揺を押しかくし、冷静さを装った。

「毬谷なるもの、役者に化けて大奥に忍びこみ、村瀬を殺めたと聞いた」

「まさか」

「そればかりか、開かずの間から多聞をひとり拐《かどわ》かしていきおった。おるいじゃ。おぬしもよう知っておろう」

なぜ、慎十郎の正体がばれたのだろうか。

「そやつ、みずから御広敷の者に名乗ったのよ」

「まさか」

「信じられぬはなしであろう。捜しだされたら打ち首は必定《ひつじょう》。それがわかっているのにもかかわらず、みずからの正体を明かすとはな。よほどの阿呆《あほう》か豪傑のどちらかじゃ。それを見極めたいがために、一度逢ってみたいとおもうての」

心ノ臓がばくばくしはじめ、咲は声を上擦らせた。

「逢ってどうなされます」

「その場で縄を打ち、これこれしかじかと訴えでることは容易じゃ。されど、潔く非を認めれば許してやらぬでもない」

「え、許すと仰るのですか」

「理由を知りたいか。ふふ、褥で味おうてみたいからよ」

「何と」

許せぬ。

咲は殺気を帯びた。

片膝《かたひざ》立ちになり、脇差を抜く。

「ふえっ」

刹那《せつな》、霧島が袂を振った。

手にした扇子でもって、咲の白刃を叩きおとす。

「うっ」

手が痺《しび》れた。

何が起こったのか、判然としない。

呆気《あっけ》に取られる咲の面前で、霧島は真横に扇子を抛《ほう》った。

扇子は開かずにまっすぐ飛び、ずんと襖《ふすま》に突きささる。

「鉄扇《てっせん》じゃ。見抜けなんだか」

「……て、鉄扇」

「未熟者め。わらわは、ただの狐《きつね》ではないぞ。冨田《とだ》流小太刀の免状持ちでな、御広敷にも敵《かな》う者はおらぬ」

咲は一言も発することができない。

刀ではなく、気力を折られてしまった。

「ふん、今少し歯ごたえのあるおなごとおもうたが、どうやら、見込みちがいのようであったわ」

霧島はやおら立ちあがり、腹の底から怒声を発した。

「男之助、出合いませい」

咲が振りむくや、巨漢の御末頭《おすえがしら》が躍りこんでくる。

「ぬわああ」

両手をひろげ、背後から覆いかぶさってきた。

抗《あらが》うこともできない。

太い腕を首に引っかけられ、ぐいぐい絞めつけられた。

「ぬぐっ」

「ふふ、また逢《お》うたな」

手足をばたつかせても、男之助はびくともしない。

「苦しめ、ほれ、苦しむがいい」

首を絞められながら、咲は気づいた。

「……お、おれんどのを……あ、殺めたな」

「今さら気づいても遅いわ。これぞ、神隠しじゃ」

薄れゆく意識の狭間《はざま》に、霧島の哄笑《こうしょう》が聞こえてくる。

「……し、慎十郎さま……た、助けて」

祈るようにつぶやいた瞬間、咲の意識は奈落《ならく》に落ちた。

八

晴れた日は無縁坂に上って坤《ひつじさる》の方角に目をやり、富士山を飽くこともなく眺めている。

だが、今朝ばかりは、黄金に輝く霊峰を眺める気にすらならない。

「富士はいい。心を浄《きよ》めてくれる」

と漏らす一徹も、不安げに目をしょぼつかせていた。

昨日、咲は何処に行くとも告げずに出掛けていったきり、ひと晩経《た》っても帰ってこなかった。慎十郎はあらゆる道場を駆けまわり、咲の所在を尋ねたが、その甲斐《かい》もなかった。

一徹は十も老けこんだような顔で、溜息《ためいき》ばかり吐いている。

「あれが生まれてから一度たりとも、このようなことはなかったに」

「お師匠さま、もういちど、そこいら辺りを捜してまいります」

慎十郎は言いおき、両刀を腰帯に差して門へ向かった。

何者かの気配を察し、期待に胸を躍らせる。

「咲どのか」

すがたをみせたのは、石動友之進であった。

「何だ、おぬしか」

「慎十郎、咲どのは戻らぬぞ」

「何だと。てめえ、行き先を知ってんのか」

詰めよる慎十郎を目で制し、友之進は淡々と発した。

「お城へ行ったのだ。二ノ丸大奥、霧島のもとへな」

「げっ」

慎十郎は、坂の頂部を睨みつけた。

駆けあがれば、霊峰富士を背にしつつ、朝陽《あさひ》を浴びた御殿の甍《いらか》をのぞむことができよう。

「友之進よ、まさか、おぬしが参内させたのではあるまいな」

「咲どのは、みずからの意志で決められた。わしは止めず、むしろ、助力を請うた」

「こ、この野郎」

慎十郎は拳を固め、飛びかかって頬を撲りつける。

骨の軋《きし》む音がして、友之進は尻餅《しりもち》をついた。

「斬ってやる」

慎十郎が刀に手を掛けたところへ、背後から一徹の声が響いた。

「早まるでない。その者にも事情があったのじゃ」

柄《つか》を握りしめたまま、慎十郎はぺっと唾《つば》を吐く。

友之進は尻をついたまま、唇もとの血を拭《ぬぐ》った。

「霧島を討ちたいと、咲どのは言われた」

「どうして」

「おるいという多聞に、事情を聞いてないのか」

「事情だと、んなもの聞いておらぬわ」

慎十郎が首を横に振ると、一徹は重い溜息を吐いた。

奥座敷で養生しているおるいの世話は、咲と兄の笑吉に任せっぱなしで、病床で交わされたはなしの内容は伝わってこなかった。聞いても、教えてもらえなかったにちがいない。慎十郎の暴走を危ぶみ、一徹と咲が報《しら》せぬようにしていたからだ。

慎十郎は友之進に向きなおり、唾を飛ばした。

「教えろ。霧島は何をやった」

「役者を櫃ごと焼き殺し、西ノ丸を火の海にしたのさ」

「何だと」

赤松豪右衛門に教えられたこともあり、香木の抜け荷絡みで霧島の罪状は動かしがたいものになってはいたが、霧島の悪女ぶりをあらためて知るにつけ、慎十郎は憤りを抑えきれなくなった。

「許さぬ。霧島め、叩っ斬ってやる」

「そうやって激昂《げっこう》し、おぬしは後先考えずに突っ走る。城門をも乗りこえ、大奥へ踏みこみかねない。そうさせぬために、咲どのは黙っていたのさ」

たったひとりの肉親である一徹にも、おのが決意を秘していた。言えば止められるのはわかっていたので、ひとりで城へ向かうと決めたのだ。

当然のごとく、殿中で白刃を抜けば罰せられる。

「くれぐれも早まったことだけは控えるようにと、言いおいたのだがな」

「てめえ、咲どのに何を託した」

「霧島を城外へ誘いだしてほしいと頼んだ」

「城外へ」

「そうだ。城外に出てこぬかぎり、始末をつけられぬ。代参や御上使がいつになるとも知れぬゆえにな。こちらから誘うとしたら、咲どのは使者にうってつけだ」

友之進はむっくり立ちあがり、袴《はかま》の埃《ほこり》を手ではらう。

慎十郎は気を殺《そ》がれ、柄から手を放した。

「咲どのを使者に仕立てる浅智恵、おもいついたのは赤松の爺《じじい》か」

「無礼であろう。御前を爺と呼ぶな」

「うるせえ。爺は爺だ。咲どのにまんがいちのことがあったら、五万石の江戸家老だろうと何だろうと容赦はせぬ」

友之進は、渋い顔で漏らす。

「されど、困った。藩をあげて咲どのの行方を捜さねばならぬところだが、下手に動けぬ。何せ、敵は御広敷の忍びどもを手下に使っておるゆえな。おぬしが糞道でやりあった伊賀者《いがもの》の差配、名を刈屋源才《かりやげんさい》というらしい」

「刈屋源才」

池之端で咲を襲ったのも、おそらくは、刈屋源才とその配下であろう。

だが、咲が忍びに襲われたことも、慎十郎と一徹は知らなかった。

友之進から経緯を聞き、ふたりは驚きを隠せない。

「咲どのは、余計な心配を掛けまいとしたのだ。じつは、刈屋源才と裏で繋がっている御広敷の元差配がおってな、そやつの名は楡木《にれき》鉄之新《てつのしん》、またの名を五州屋吉兵衛という」

「何だって。廻船《かいせん》問屋の正体は、忍びなのか」

「みずからの才覚で商人を志したのか、それとも、誰かの指図で商人になったのか、そのあたりまではわからぬ。どっちにしろ、悪党であることに変わりはない」

しかし、五州屋の行方も判然としないままだ。

慎十郎の焦りは増していく。

「何としてでも、咲どのを救わねばならぬ。友之進、打つ手はないのか」

「御前は、ひとつだけ手を打たれた。大奥が男子禁制なのは言わずとしれたことだが、控えの間への出入りをおおやけに許されている方々がおられる。それは、御老中だ」

「安董公か」

「さよう。本丸御老中の大役を仰せつかるわが殿なれば、大奥に内意としてご存念をお伝えできる」

御政道を司《つかさど》る本丸老中にして五万一千石を領する大名の口から、一介の道場主の娘にすぎぬ咲の助力が大奥へもたらされるとしたら、それは信じられないはなしだ。

一徹があたふたと駆けより、友之進の袖口《そでぐち》を摑んだ。

「お願いじゃ。お殿さまに頼んで、咲の命乞《いのちご》いを頼む……どうか、どうか、孫娘の命を救ってくだされ」

狼狽《うろた》えた一徹のすがたをみて、慎十郎はたまらない気持ちになった。

冷静なはずの友之進も、感極まっている。

「丹波一徹どの、ご安心くだされ。すでに、わが殿は大奥へご内意をお伝えなされました」

慰めではない。昨夜の時点で、本丸大奥の歌橋を介して上臈《じょうろう》御年寄の姉小路へ、さらには大御台所《おおみだいどころ》へ、咲のことは依頼してあった。表向きは剣術指南として伺候した丹波咲について、まちがいのなきよう慰労せよとの内意を受ければ、いかに悪女の霧島とて得手勝手なまねはできまい。

少なくとも、命までは奪うまいと、友之進は言いたげだ。

今はともかく、咲の無事を信じるよりほかにない。

涙に濡《ぬ》れた一徹の皺顔《しわがお》を眺め、慎十郎は自分の無力を呪いたい気分だった。

九

――ひん、からから。
近くで駒鳥《こまどり》が鳴いている。
臙脂色《えんじいろ》の美しい駒鳥を、不忍池でも見掛けたことがあった。
ここは、水辺なのだ。汀には繁みもあると、咲はおもった。
遠くのほうで、水鶏《くいな》とおぼしき鳥の鳴き声がするのも耳にしていた。
たぶん、田圃《たんぼ》に囲まれているのだろう。
向島か。
友之進から聞いていたこともあり、中野碩翁という人物の名が浮かんだ。
ここが碩翁の隠居屋敷だと判明すれば、霧島との黒い繋がりを証明できる。
だが、今のところ、証明する手だてはない。
男之助に首を絞められ、気を失った。
目を醒《さ》ましてみれば、両手両足を縛られ、冷たい土のうえに転がされていた。

闇に目を凝らしても、何ひとつみえなかった。ただ、黴臭《かびくさ》い蔵のなかであろうことは想像できた。

明け方が近づくと、乱雑に散らばった具足や壺《つぼ》や古簞笥《ふるだんす》などが輪郭を帯びてきた。

やはり、蔵だった。

高い天井のそばに小さな窓がひとつ穿《うが》たれているだけで、外を覗《のぞ》くこともできなかった。

かぼそい光が射しこむあいだは、たぶん、昼なのだろう。

微睡《まどろ》みながら、その程度のことしか考えられなかった。

責め苦を受けたわけではないが、薬でも盛られたのか、異様に眠かった。

一日目は水すら与えられず、二日目の朝になってようやく、下人風の男が粥《かゆ》を一杯差しいれてきた。隙《すき》のない物腰から推すと、不忍池で襲ってきた忍びのひとりであろうと察せられた。

ひもじいおもいで夕刻まで過ごし、夜が更けて微睡んでいると、どこからともなく娘たちの啜り泣きが聞こえてきた。

大奥で拐かされた多聞たちかもしれない。

おおかた、もうすぐ唐人船に売られていくのだろうとおもったが、そのまま、眠ってしまった。

今は、蔵へ連れこまれて三日目の朝を迎えたところだ。

ひもじさは、あまり感じなくなった。

そのかわり、考える気力を失いかけている。

是が非でも逃げねばならぬ、という切迫した気持ちも萎《な》えた。

霧島への憤りも薄れ、あきらめが心を支配しはじめている。

そんな自分が、咲は不思議でたまらなかった。

足の骨を折って以来、剣術修行を怠っていたせいかもしれない。

「自業自得か」

力無く、自嘲《じちよう》するしかなかった。

やがて、重い石の扉が軋み、下人風の男がふたり入ってきた。

そのうちのひとりが面前まで近づいて屈み、臭い息を吐きかけてくる。

「ひとり五十両にはなると聞いたが、どうやら、おぬしだけは桁《けた》がちがうらしい。唐人のなかには、妙な金持ちも大勢いる。おぬしを婢女《はしため》ではなく、用心棒として雇う物好きもいようからな」

別のひとりが、扉のそばから声を重ねてきた。

「おぬしらはもうすぐ、ここからほかへ移る。おそらく、二度と江戸の地を踏むことはあるまい。それまでのひとときは、みなで過ごさせてやろう。さあ、おまえら、入るがよい」

扉の向こうから、痩せ衰えた娘たちが連れてこられた。

咲は目を瞠《みは》り、黙って様子を窺った。

娘はみなで四人いる。

そのなかに見知った顔をひとつみつけ、咲は唾をごくっと呑んだ。

忽然と、気力が湧いてくる。

この娘たちを救わねばならぬという使命が、胸の裡《うち》に燃えあがった。

「これはお慈悲じゃ」

下人に縄を解かれ、咲は土間にくにゃりと転がった。

長いあいだ縛られていたので、四肢が痺《しび》れて動けない。

娘たちは、もはや、声を漏らす気力も失っているようだった。

「せいぜい、自分たちの悲運を嘆き、悲しみを分かつことだ」

下人どもは、塩結びを何個かと水のはいった竹筒を数本置いていった。

石の扉が閉められて気配が去ると、娘たちは一斉に塩結びに飛びついた。

まるで、餓鬼のようだなと、咲はおもった。

だが、ひとりだけ、佇《たたず》んだままの娘がいる。

眸子に涙を溜《た》めて、こちらをみつめていた。

「……さ、咲さま」

その娘が「おもと」であることは、ひと目でわかった。

一度目の参内の折、使者として丹波道場へやってきたのだ。

菰の重三郎の愛娘《まなむすめ》であることも、五州屋吉兵衛の養女となって大奥へあがった経緯についても、あるいは、何らかの不都合が生じて「神隠し」に遭ったことも、すべて知っている。

それにしても、何と瘦せてしまったことか。

ふくよかだった頰は瘦《こ》けおち、髪は乱れ、顔も汚れている。着物は粗末なもので、何日も替えていないらしく、饐《す》えた臭いを放っていた。

ただ、瞳《ひとみ》の輝きだけは失っていない。

「……わ、わたし、半月余りも閉じこめられておりました」

「そうでしたか」

「咲さまも」

「いいえ、わたしはまだ三日です」

「咲さまも、唐人船に売られるのですか。でも、どうして」

「霧島に斬りかかったのです。手もなくやられてしまいましたけど」

「え、咲さまが負けた」

「霧島は小太刀の遣い手です。油断しました。むしろ、こうして生きながらえていることが不思議でたまりません。どうして、生かされたのか」

脇坂安董のはたらきかけが影響したことなど、咲には知る由もない。

いずれにしろ、拾った命をどう使うかが肝心だ。

どうにかして、助《すけ》っ人《と》を呼ぶ方法はあるまいか。

「うまくいくとはかぎりませんが、ひとつだけ方法が」

「え」

驚く咲のそばへ、おもとは身を寄せてくる。

ほかの娘に聞かれぬように、声をひそめた。

「厠《かわや》のなかに、鳩《はと》を隠してござります」

「鳩」

「伝書鳩にござります。亡くなったおれんさまから譲りうけました。まんがいちのときは役立てよと託されたのです。鳩を飛ばせば、雇い主のもとへ戻るであろうと」

「雇い主とは」

「わかりません。でも、おれんさまがあの世で見守ってくれているものと信じます」

因果なはなしであった。本丸大奥の歌橋から安董に預けられた白い伝書鳩は、内偵を命じられたおれんにいったん渡され、身の危険を察したおれんから、おもとの手に託されていたのだ。

鳩を敵の目から隠しおおせたのは、おもとの機転に依るところが大きいが、まさしく幸運としか言いようがなかった。

咲は興奮を抑え、冷静に企てを練る。

「鳩を使う機会は、一度しかありませんね」

「はい」

「この蔵が何処にあるか、予想できますか」

「いいえ」

中野碩翁の隠居屋敷と断じるのは危うい。かりにそうであっても、助っ人が広大な屋敷内を探索するのは難しかろう。

「賭《か》けにはなりますが、唐人船に向けて漕《こ》ぎだす機会を捉《とら》えたほうがよいかもしれませんね。ともあれ、鳩のことはふたりだけの秘密に」

「はい」

かぼそいながらも、光明がみえてきた。

鳩はきっと、助っ人を導いてくれるにちがいない。

光の奥に毅然《きぜん》と佇むのは、毬谷慎十郎にほかならなかった。

「慎十郎さま」

おもとにも聞こえぬように、低声《こごえ》でつぶやいてみる。

自分を救ってくれるのは慎十郎しかいないと、咲はおもった。

十

霧島の重い神輿《みこし》をあげさせるには、ふたつの方法があると、友之進は説いた。

「ひとつは、富春の伽羅をも超える極上の伽羅があると吹きこむこと。さらに、もうひとつは役者買いだ。そのふたつがひとつところで堪能《たんのう》できると聞けば、お忍び駕籠《かご》で城を抜けだしてでもやってくるにちがいない」

肝心なのは、どうやって信じさせるかだが、伽羅に関しては江戸随一の規模を誇る香木商の伊東屋《いとうや》を動かした。伊東屋は香木取引の中心である堺湊《さかいみなと》の出身で、大奥でも知らぬ者はいない。老舗《しにせ》の豪商だが、三代前から脇坂家とは浅からぬ縁があった。伊東屋の主人と安董は身分を超えた親しい友人でもあったので、商売抜きで命を果たすべく動いたのだ。

さらに、役者買いに関しては、霧島が贔屓《ひいき》にしている市村座の櫓主《やぐらぬし》を動かした。薪能《たきぎのう》よろしく戸外に幔幕《まんまく》を張り、芝居の舞台を築き、市村座お抱えの千両役者を呼びつけ、霧島だけのために奥女中物を演じさせるという趣向まで付けた。

閏卯月《うるううづき》には倹約令の三年延長が発布される見込みとなり、歌舞伎役者の華美な扮装《いでたち》や豪奢《ごうしゃ》な振るまいは処罰の対象とされるため、櫓主としてはお上《かみ》の機嫌を取っておかねばならない。それゆえ、渋々ながらも一世一代の嘘を吐きに、大奥へ伺候したのだ。

罠《わな》を仕掛けて待つ場所に選ばれたのは、三田幽霊坂《ゆうれいざか》下の玉鳳寺《ぎょくほうじ》であった。

山門左手の地蔵堂に安置された地蔵尊には、あまねく世に知られた言い伝えがある。寛永《かんえい》のころ、神田八丁堀の地蔵橋そばに捨てられていた地蔵を住職が拾って修復し、白粉《おしろい》を塗って祀《まつ》ったところ、住職の顔にあった痣《あざ》が消えたという逸話だ。

爾来《じらい》、美人祈願の「御化粧延命地蔵尊」として奉じられている。

幽霊坂を上りきったあたりは、眼下一望に海を見下ろす月見の名所だった。名所に掛けて「月の岬の白粉地蔵」などとも称され、町娘たちの参詣《さんけい》は後を絶たず、容色にうるさい御殿女中たちにも絶大な人気を誇る寺だった。

住職には、寺社奉行の阿部能登守《あべのとのかみ》を通じて「幕命により借りうける」と告げさせた。それゆえ、今宵《こよい》一夜は寺院内で何が起ころうと文句は出ない。無論、箝口令《かんこうれい》も敷いてあった。

玉鳳寺におもむいてみて、罠を仕掛けるには絶好の場所だと、慎十郎もおもった。

ただし、肝心の霧島は約定《やくじょう》どおりに来るのかどうか、その保証は何ひとつない。

「来ないわけがない。ここが悪女の墓場になる」

みずから手勢五十有余を率いて隠密裡《おんみつり》に足を運んだ赤松豪右衛門も、白い髭《ひげ》をしごきながら、うそぶいてみせる。

だが、本心では五分五分と踏んでいるようだった。

しかも、相手には、咲という切り札を握られている。

安董の内意は歌橋を通じて姉小路へ、さらに大御台所《おおみだいどころ》から霧島のもとへ伝わっているはずだ。

軽率に咲の命を奪うわけがないとの読みはあった。

しかしながら、それとても憶測の域を出ない。

命は奪わずとも責め苦を与え、軟禁しているのやもしれぬ。

こちらの出方次第では命を絶たれる公算も大きく、最後の決断は慎重を要する。

無論、慎十郎にも霧島を成敗する覚悟はできていた。

大奥の御年寄を斬ったことが漏れれば、後になってどのような措置が下されるともかぎらない。ゆえに、龍野藩の者が手を下すわけにはいかず、藩籍から逃れた慎十郎に厄介事のお鉢がまわってきた。

「主命である」

豪右衛門より内々に通達されたが、やると決めたのは主命を受けたからではない。

受ける以前から決めていた。

大林主水とおれんの仇は討つ。

そう決めた以上、一歩も退く気はない。

だが、咲を救うことが何よりも優先だ。

霧島を捕縛し、本人の口から居所を聞きださねばなるまい。

そのためには、どうあっても、この玉鳳寺へ来てもらわねば困るのだ。

慎十郎は鎖鉢巻に白襷《しろだすき》まで掛け、まんじりともせずに待ちかまえていた。

「すでに半刻《はんとき》」

約定の暮れ六つは、疾《と》うに過ぎた。

幔幕は風に靡《なび》き、ばたばたと音をたてている。

寺領のいたるところには、龍野藩の腕自慢たちが潜んでいた。

幔幕の中心に舞台は築かれておらず、千両役者も呼んでいない。

極上の伽羅の代わりには、死者を弔う護摩が焚《た》かれていた。

参道に点々と連なる篝火《かがりび》が、生き物のように躍っている。

この世とあの世のあわいで、魔物が慟哭《どうこく》しているような錯覚をおぼえた。

「来た」

かたわらに立つ友之進が叫び、山門に向かって駆けだした。

慎十郎も地を蹴《け》り、あとを追いかける。

山門が開かれ、御殿女中の一行がすがたをみせた。

供揃《ともぞろ》えは三十人余り、霧島を乗せているであろう鋲《びょう》打ち駕籠はその中心にあって、悠然と進んでくる。

市村座の櫓主が出迎え役となり、一行を幔幕のそばまで先導してきた。

山門の閂《かんぬき》が下ろされるや、境内に豪右衛門の号令が響いた。

「それい、取りかこめ」

番士たちが持ち場から一斉に飛びだし、駕籠の一行を囲む。

陸尺どもは駕籠を捨てて逃げだしたが、供人たちは動じる様子もない。

想定の内ということなのか。

疑念を抱いたところへ、鋲打ち駕籠の扉がゆっくり開いた。

白足袋《しろたび》の足が、すっと差しだされる。

慎十郎も友之進も、ごくっと唾を呑みこんだ。

駕籠から抜けだしてきた人物は、白い角隠しで顔をすっぽり包んでいる。

「霧島か」

判然としない。

「ほほほ、姑息《こそく》な罠を掛けよって」

角隠しの人物は哄笑《こうしょう》し、重厚な声を轟《とどろ》かす。

「浅はかなやつらめ、この霧島に通用するとでもおもうたか」

ちがう。

霧島ではないと、慎十郎は察した。

察したと同時に、腰の藤四郎吉光を抜いている。

「ぬおっ」

自然と足が動き、角隠しに迫った。

「ふえい」

真っ向から斬りつける。

白い装束が脱ぎすてられ、人影がふわっと跳び退いた。

そのまま、駕籠の屋根に舞いおりてみせる。

霧島どころか、女人ですらない。

「ふはは、霧島さまの命により、おぬしらの正体を見定めにまいった」

慎十郎は、その顔に見覚えがあった。

大奥の「糞道」で誰何《すいか》された相手だ。

伊賀者の差配、刈屋源才なるものにまちがいない。

慎十郎は駕籠を見上げ、声を張りあげた。

「丹波咲はどうした」

「埒《らち》もないことを聞く。今ごろは海の上さ」

「何だと」

「戯《ざ》れ言《ごと》に関わっておる暇はない。それ、者ども」

「うおっ」

供人たちは一斉に笠《かさ》を抛《ほう》り、白刃を林と立たせた。

番士たちも呼応して斬りこみ、いきなりの乱戦となる。

「逃がすか」

慎十郎は、源才を追った。

鳥のような動きをするので、なかなか捕らえることができない。

追いかけながら、さきほどの台詞を反芻《はんすう》していた。

——今ごろは海の上さ。

咲はひょっとしたら、唐人船に売られるのだろうか。

源才は乱戦から抜けだし、立ちどまって振りかえる。

「おぬし、毬谷慎十郎だな」

「ああ、そうだ」

「糞道でみたその顔、忘れぬぞ」

「だからどうした」

「生け捕りにせよと、霧島さまに命ぜられた。が、安心せい。わしにその気はない」

「おぬしのことなど、どうでもよい。丹波咲をどうした」

「気になるのか。ふふ、あの娘、どのおなごより高う売れるらしい」

「くふふ、霧島さまは平然と悪事をやってのける。どのような惨《むご》い仕打ちも、あの方の手に掛かれば容易《たやす》い。そのあたりが、ほかの御年寄とちがうところよ」

「何だって」

「教えてくれ。おぬしは、何故に命を張る。霧島への忠義ゆえか、それとも、みずからの正義ゆえか」

「ふん、笑わせるな。忠義だの正義だの、そのようなきれいごとで生きていけるか」

「ならば、金か」

「あたりまえだ。金の切れ目が縁の切れ目、たとい霧島さまであっても見切りをつけるときはこよう」

「そのときは、蓄えた金を手にして逃げるのか。五州屋吉兵衛のように」

「ようわかっておるではないか」

「おぬしは、斬られて当然の男だな」

慎十郎は藤四郎吉光を青眼《せいがん》に構え、ぴたりと切っ先を静止する。

「小癪《こしゃく》な」

源才は直刀を八相《はっそう》に構え、滑るように間を詰めた。

「へやっ」

やにわに、苦無が投擲《とうてき》された。

弾《はじ》いたところへ、源才の白刃が襲ってくる。

——しゅっ。

躱すと同時に、頬を裂かれた。

だが、慎十郎はまったく動じない。

頬に流れた血を舐《な》め、にやりとほくそ笑む。

「過信したな」

「ぬぐ……ぐえほっ」

源才は咳《せ》きこみ、血のかたまりを吐いた。

慎十郎の白刃は、腹を串刺《くしざ》しにしている。

初太刀を避《よ》け、突きを繰りだしていたのだ。

勝負は一瞬で決していた。

源才は息も絶え絶えに立っている。

慎十郎も刀の柄《つか》を握りしめ、抜こうとしない。

「抜けば即座に死ぬ。抜かねば助かる見込みもあろう。唐人船は何処にいる」

「……え、江戸湾さ」

「沖の位置を教えろ」

「……し、知ったところで、間に合うまい」

「言え。言わぬか」

激情に駆られ、白刃の先端をぐりぐり掻《か》きまわす。

もはや、源才は痛みすら感じていないようだった。

「……ふふ、残念だったな」

両手で刃を握るや、渾身《こんしん》の力を込めて引きぬく。

鮮血が飛沫《しぶき》となって噴きだし、源才はこときれた。

「くそっ」

鬼の形相で振りむけば、乱戦は収束に向かいつつある。

頭目を失った忍びの群れは戦意を失い、烏合《うごう》の衆と化していった。

幔幕は血で染まり、篝火は随所で倒されており、宿坊では坊主たちが火の粉を消そうと必死になっている。

「捕らえよ。ひとりも逃がすでない」

豪右衛門は老骨に笞《むち》打ち、吼《ほ》えつづけていた。

友之進は返り血を全身に浴び、血達磨《ちだるま》になっている。

味方も無事ではない。大勢の怪我人が出ており、落ち武者のような輩《やから》が参道を徘徊《はいかい》している。

そうした惨状のなか、山門脇の潜《くぐ》り戸を抜け、隠密《おんみつ》らしき者が飛びこんできた。

「赤松さま、赤松豪右衛門さまは何処に」

「おう、ここじゃ」

駆けてきたのは、歌橋の使者であった。

「本丸大奥から馳《は》せ参じました」

「おう、それで」

「歌橋さまのもとへ、伝書鳩が舞いもどりましてございます」

「伝書鳩が」

「は、これを」

差しだされた文を開くや、豪右衛門の顔がぱっと明るくなった。

「慎十郎、慎十郎は何処におる」

「は、ここにおります」

馳せ参じた慎十郎に、豪右衛門は言いはなつ。

「品川の洲崎《すざき》沖じゃ。丹波咲はそこにおるぞ」

「まことですか」

「疾駆せよ、慎十郎」

「はは」

脱兎《だつと》のごとく駆けだす慎十郎を、友之進が追いかけてきた。

「月の岬下の桟橋で舟が待っておるぞ。急げ、慎十郎」

「承知」

友之進をぶっちぎり、山門脇の潜り戸を抜ける。

外へ飛びだすや、急勾配《きゆうこうばい》の幽霊坂を駆けあがった。

息が苦しい。

足が縺《もつ》れて、何度も転びそうになる。

たとい、胸が潰《つぶ》れようと、足が折れようと、駆けつづけねばならない。

咲よ、待っておれ。

命に代えても守ってみせる。

慎十郎は駆けながら、胸の裡に叫びつづけた。

十一

名残を惜しんで振りかえっても、洲崎の陸は暗澹《あんたん》とした闇に包まれている。

娘たちを乗せた舟が桟橋を離れると、次第に希望の光は消えていった。

波は高く、もんどり打っている。

舳《みよし》や舷《げん》を洗う波が口を大きく開けた鯨にみえ、舟が前後に揺れるたびに、娘たちは悲鳴をあげた。

「ぬはは、泣くがいい」

艫にでんと座った商人が、大声で嗤《わら》いあげる。

五州屋吉兵衛であった。

物腰をみれば、ただの商人でないことはわかる。

咲にもそれがわかるので、うっかり手出しはできない。

「涙が涸《か》れるまで泣くがいいさ。今宵《こよい》で江戸ともおさらば、今生《こんじょう》の別れになるのだからな」

娘たちの泣き声は、波音に掻き消されていく。

売られていく娘の数は、七人に増えていた。

吉兵衛によれば、これから向かう唐人船には、全国津々浦々で拐かした娘たちが何十人と幽閉されているらしい。

人買い船は江戸湾の入口まで堂々と進入し、錨《いかり》を降ろしているのだ。

「やつらは海賊だ。首魁《しゅかい》は朋来雷《ほうらいらい》といってな、全身に蛇の刺青《いれずみ》を彫っている。唐天竺《からてんじく》の広大な海原を荒らしまわり、獰猛《どうもう》な鱶《ふか》を餌にしておるのよ。嘘ではないぞ。やつらは人の命など、屁《へ》ともおもっておらぬ。ただし、付きあい方さえまちがえなければ、金になる連中でな」

滔々《とうとう》と自慢げに喋る吉兵衛を、さきほどから娘のひとりが恨みの籠《こ》もった目で睨みつけている。

おもとだ。

かつては養父だった男とのあいだに、情はわずかも通っていない。

「おもと、わしが恨めしいか。ふん、おとなしく飼われておればよいものを。余計なことに首を突っこむから、このようなことになるのだ。恨むんなら、お人好《よ》しの重三郎を恨め。ふへへ、もっとも、二度と逢うことも叶《かな》うまいがな」

涙ぐむおもとのかわりに、咲が口を開いた。

「あなたは誰に命じられ、このような悪事に手を染めているのです」

「誰の命でもない。わしは雇い主のおらぬ忍びじゃ。金の匂いに敏感でな、向島の隠居に近づけば儲《もう》かるとおもっただけのことさ。隠居に紹介されたのが希代の悪女、霧島だったというわけだ」

「隠居とは、中野碩翁のことですね」

「それを知ったところで、もはや、どうなるものでもなかろう。この荒海を泳いで向島まで渡り、隠居の皺首《しわくび》を掻っ切るか。ぐふっ、それも面白そうな趣向だが、今からではもう遅い」

やはり、碩翁が悪事の黒幕であったのか。

吉兵衛は否定も肯定もせず、真相を藪《やぶ》のなかに隠そうとする。

隠す必要もなかろうに、おそらく、それが忍びの性癖なのだろう。

たしかに、今となってみれば、誰が黒幕であろうと、どうでもよいことだ。

「わしはな、霧島のごとき物狂いに義理立てする気は毛頭無い。そろりと袂を分かつ潮時やもしれぬ。何なら、おぬしらともども唐天竺に渡ってもいい。どうじゃ、丹波道場の小娘よ、わしの女房にならぬか。厳しい剣の修行を積んだおぬしなら、向こうでもひとかどのものになろう。大海原を股に掛け、ふたりで大儲けしてやろうではないか。のう、どうじゃ」

「御免蒙る」

「ふはは、真に受けるでない」

本気とも冗談ともつかぬことを口走り、吉兵衛は高笑いしてみせる。

さきほどにくらべれば、波もずいぶん穏やかになってきた。

舳の向こうをみやると、沖のほうで光の輪が点滅している。

「合図だ」

咲たちを乗せた舟は波間を滑り、ぐんぐん光に近づいていった。

「うわっ」

忽然と、唐人船がその全貌《ぜんぼう》を露呈した。

まるで、それは水面に隆起した島のようだ。

長さ五丈（約十五メートル）、幅二丈五尺（約七・六メートル）、千石船と同等の巨船は舷も檣《ほばしら》も真っ黒に塗られていた。

「戎克《ジャンク》だ」

「戎克」

「ああ、あの船を一枚で包みこめるほどの黒く四角い帆をひろげ、大海原を快走するのさ。戎克にかなう船はない。速さも荒々しさも、この世で一番の乗り物であろうよ」

やがて、厳然と海上にそそりたつ船舷が、目と鼻のさきに迫ってきた。

遥《はる》かな高みを見上げれば、辮髪《べんぱつ》と呼ぶ禿頭《とくとう》にお下げ髪の海賊たちが船縁《ふなべり》に顔を出し、大声で囃《はや》したてている。手にした白刃で縁を叩き、待ちわびていたものの到来を喜んでいるかのようだ。

娘たちは身を寄せあい、恐怖におののいている。

ああした野蛮な連中の餌食《えじき》になるくらいなら、舌を嚙《か》んで死んでやると、咲はおもった。

十二

走れ、走れ、走れ。

月の岬から駆けおりると、二艘《そう》の船が待っていた。

一艘は二挺艪《ちょうろ》の押送船《おしおくりぶね》で、もう一艘は足の速い猪牙《ちょき》だ。

押送船には度胸太助が、猪牙には闇鴉の伊平次が乗っている。

「おまえら、来てくれたのか」

「あたりめえだ。慎さん、行き先を言ってくれ」

太助に聞かれ、慎十郎は吐きすてる。

「洲崎沖だ」

「深川と品川、どっちの洲崎だ」

伊平次の問いに「品川」とこたえる。

闇鴉は船頭に顎《あご》をしゃくり、すぐさま猪牙を出させた。

「何処へいく」

「菰の元締めを呼びにいったのさ」

太助が胸を張った。

猪牙は波間を飛ぶように遠ざかる。

「慎さん、おれたちはひと足先に行こう」

「おう」

艪を操るのは、魚河岸《うおがし》屈指の腕を持つ船頭たちだ。

押送船は打ちよせる波をものともせず、沖へ沖へと漕《こ》ぎすすんでいく。

「慎さん、間に合うかな。それに、この暗さだ。沖に出ても、敵さんの船をみつけられるかどうか」

「なあに、心配はいらぬ」

慎十郎の耳には、咲の声がしっかりと聞こえていた。

たとい、洲崎の沖でみつからずとも、海の涯てまで追いかけてやる。

唐天竺だろうと何処だろうと、かならず咲をみつけ、助けだしてみせる。

慎十郎は胸に誓った。

誓った途端、不安は芥子粒《けしつぶ》のように吹きとんだ。

「太助よ、人とは不思議な生き物よな。考え方ひとつで、途轍《とてつ》もない力が湧きあがってくる。要は、信じることだ。愛《いと》しい相手のことをおもい、逢いたい、逢いたいと強く念じれば、かならずや、幸運が舞いこんでくる」

「なるほど、慎さんの言うとおりかもしれねえ」

太助は水飛沫《みずしぶき》を顔に浴びながらも、しっかりうなずいた。

「でも、ちょいと聞き捨てならねえ」

「何が」

「慎さんは、咲さまのことが好きなのかい」

「な、何を抜かす」

「さっき、愛しい相手って言ったろう」

「それはおまえ、ものの弾みだ」

「ふん、顔が赤くなってやがる。好きなら好きと、素直に言えばいいのに」

「莫迦者。そのようなこと、咲どのに告げたら承知せぬぞ」

「へへ、本気で怒った阿呆《あほう》がひとり、恋する女を助《す》けにいく」

「こいつ、ふざけているときか」

「軽口でも叩かにゃやってらんねえ。相手は人買い船だよ。どんな化け物じみた悪党どもが乗っているともかぎらねえんだ。唐人の海賊どもは刃渡り五尺のぶっとい刀を振りまわし、人の首を胡瓜《きゆうり》でも切るみてえに、平気な顔で飛ばすって聞くぜ。そうした連中相手に喧嘩《けんか》を売ろうってんだ。小便をちびらねえほうがおかしいぜ」

「だったら、おぬしはなぜ行こうとする」

「口惜しいのさ。おれは五州屋のやつに可愛《かわい》がられていた。とんでもねえ悪党とも知らず、犬みてえに尻尾《しっぽ》を振っていたんだ。そんな自分が情けねえ。だからよ、これはせめてもの罪滅ぼしってやつさ」

もはや、慎十郎は太助のはなしを聞いていない。

じっと耳を澄まし、海鳴りのような咆吼《ほうこう》を聞いていた。

何だろう。

沖合に目を凝らす。

巨大な何かが、蹲っていた。

海鳴りのような咆吼は、帆布が風にはためく音だ。

「旦那《だんな》、あ、あれを」

船頭が叫んだ。

舳《みよし》の正面を睨みつけると、漆黒の怪鳥が羽ばたいている。

いや、それは目にしたこともない帆船だった。

星影すらも阻むほどの大きな四角い帆を、今しも張ろうとしている。

「島だな、ありゃ」

太助は生唾《なまつば》を呑みこんだ。

「旦那、引っ返《け》えそう」

脅《おび》える船頭の襟首を摑み、慎十郎は怒鳴りつけた。

「莫迦たれ。死ぬ気で漕げ」

暗闇のなか、天空の彼方《かなた》から海猫の鳴き声が聞こえてくる。

鳥の目でみれば、波間に水脈《みお》を曳《ひ》く押送船は、巨鯨に立ちむかう水馬《あめんぼ》のようなものだった。

十三

裸体に蛇の鎧《よろい》を纏《まと》った海賊の首魁が、野太い声を響かせた。

「錨をあげよ」

名は朋来雷、鉢のような禿頭を撫《な》でまわし、日本語を巧みに操る。

鯰髭《なまずひげ》をしごき、野卑な笑みを浮かべ、この男が娘たちに卑猥《ひわい》なことばを投げかけるたびに、船上に笑いの渦が巻きおこった。

手下の数は、優に五十人を超えている。

手に手に見慣れぬ得物を携え、刃を舐《な》めながら眸子を光らせていた。

船上の片隅に集められた娘たちは、兎のように縮こまっている。

咲だけは気丈に前を向き、逃走の機会を窺っていた。

だが、逃げる方法などみつからない。

海に飛びこんでも、藻屑《もくず》となって消えるだけのことだ。

だいいち、ひとりで逃げだすわけにはいかない。娘たちをひとり残らず救わねばならず、それを考えると、あきらめざるを得ない情況だった。

「きゃっ」

娘のひとりが、手下に胸を鷲《わし》摑みにされた。

すかさず、咲は身を寄せ、鼻面に拳を叩きつけた。

「ぬごっ」

手下は悲鳴をあげ、潰《つぶ》れた鼻から血を撒《ま》きちらす。

あたりは騒然となった。

「ひょう」

別の手下が妙な声を発し、幅広の青竜刀を抜いてみせる。

斬りかかろうとするや、素早く身を寄せた朋に頰桁《ほおげた》を撲られた。

手下は藁人形《わらにんぎょう》のように吹っ飛び、舷の内壁に激突して気を失う。

「ふふ、気の強い娘だな」

朋は嬉しそうに笑いあげ、手下たちも手を叩いて喜んだ。

吉兵衛はとみれば、船縁に背をもたせ、銀煙管を燻《くゆ》らせている。

腰には忍びの使う直刀を差しており、もはや、商人の名残はない。

朋は二の腕の筋肉を盛りあげてみせ、咲に向かって手招きをする。

「ほれ、掛かってこい」

「のぞむところ」

咲は腰を落とし、一徹に教わった柔術の構えをとった。

「おもしろい。ちと可愛がってやろう」

朋は両手をひろげて跳躍し、猛禽《もうきん》のように襲いかかってきた。

「ふいっ」

咲の鼻先へ、右の拳が繰りだされる。

これを寸前で見切り、咲は朋の拳を両手で包みこんだ。

そのまま相手の勢いを利用し、背負うように投げつける。

「わっ」

驚いたのは、手下どもだ。

朋は船板に背中を叩きつけ、うっと息を詰まらせた。

はしゃいでいた連中はしんと静まり、ふざけた空気が一変する。

咲は毅然《きぜん》と胸を張り、荒くれどもを睨みつけた。

朋は首を左右に振り、のっそり起きあがる。

「ふふ、おれを本気にさせるとはな」

首をこきっと鳴らし、こんどは慎重に近づいてくる。

「しゃっ」

ふたたび、拳が突きだされた。

両手で包みこもうとすると、丸太のような足が真横から飛んできた。

「同じ手は食わぬわ」

「はっ」

咲は船板を蹴《け》り、牛若のように舞いあがる。

「ぬおっ」

天を見上げた朋の顔は、あきらかに狼狽えていた。

咲はそのまま落下し、相手の顔に膝《ひざ》を埋めこんだ。

——ぼこっ。

骨の陥没する鈍い音が響いた。

船板に降りたった瞬間、痛めていた足に激痛が走る。

咲は起きあがることができず、傾斜に沿って横転した。

「くわっ」

顔を血だらけにした朋が、泳ぐように飛びかかってくる。

「いやっ」

咄嗟《とっさ》に、咲は足を突きあげた。

痛めていないほうの足だ。

爪先《つまさき》が股間を捉《とら》え、朋は苦悶《くもん》の顔で蹲る。

「……も、もう、許さねえ」

朋は股間を押さえて立ちあがり、手下から青竜刀をもぎとった。

「膾に刻んでくれるわ」

咲は震える足で立ちあがり、船縁のほうへ後ずさった。

背後から巨漢の手下が迫り、がばっと羽交い絞めにされる。

「う、放せ。卑怯者《ひきょうもの》め」

「莫迦な女だ。海賊相手に卑怯も糞もあるまい」

と、吉兵衛が笑った。

助けようともしない。すでに代金を貰《もら》ってあるので、咲がどうなろうと知ったことではないのだ。

「死ね、女」

朋は青竜刀を掲げた。

と、そのとき。
檣のうえに立つ見張りが、大声で異変を告げた。
朋も手下も娘たちも、檣を振りあおぐ。
見張りが右舷の海原を指差すと、一斉に目を移した。
「何だと」
吉兵衛もそう言ったきり、目を釘付《くぎづ》けにされている。
船上にある者たちの瞳《ひとみ》には、無数の船灯《ふなあか》りが映しだされていた。
右舷だけではない。
左舷も船灯りに囲まれつつある。
「船奉行の船団か」
そんなはずはないと、吉兵衛はおもいなおした。
腐れ役人どもには、袖《そで》の下をたっぷり渡してある。
しかも、船奉行の船団にしては、船の数が多すぎた。
十や二十ではきかない。
五十、いや、百艘におよぶかもしれない。
「まさか、重三郎ではあるまいな」

吉兵衛の漏らしたとおり、それは菰の重三郎に率いられた寄せあつめの船団だった。

船に乗っているのは、こちらも肝の据わった荒くれどもだ。

海賊とわたりあっても、引けを取ることはあるまい。

咲は、胸の高鳴りをおぼえた。

きっと、慎十郎が助けにきてくれたのだ。

得も言われぬ嬉しさが、込みあげてくる。

眼下の海原に散らばっているのは、希望の光にほかならない。

――命に代えても守ってみせる。

慎十郎のことばが、咲の耳にはしっかりと聞こえていた。

十四

船舷に垂れた梯子《はしご》を伝い、大きな男が這《は》いあがってきた。

「咲、咲は何処だ」

自分の名を呼ぶ声が、確実に近づいてくる。

空耳ではない。

「慎十郎さま」

咲の呼びかけに応じるように、男は船縁にがっと手を掛けた。

「おりゃ……っ」

巨大な黒い帆布を背にして、慎十郎が躍りあがる。

「うわっ」

群がる海賊どもを拳で叩きつけ、まっすぐに咲のほうへ駆けてくる。

「させるか」

吉兵衛が直刀を抜き、慎十郎の行く手を阻んだ。

咲も、じっとしてはいない。

手下のひとりに飛びかかり、青竜刀を奪いとった。

「ぬおっ」

驚いた手下を雁金《かりがね》に斬りすて、朋来雷のもとへ馳《は》せる。

「くわっ」

朋は振りむきざま、大上段から青竜刀を振りおろしてきた。

「何の」

咲は肩口で躱し、逆しまに水平斬りを繰りだす。

――ぶん。

分厚い刃は、空を斬った。

重すぎて、勢いが余ったのだ。

大鉈《おおなた》を振りまわすようなもので、たしかに扱いにくい。

それでも、六尺の木刀を振りこんで修行を重ねた咲にとっては何ほどのこともなかった。

「やっ」

気合いを発し、双手《もろて》上段に斬りつける。

朋は怯《ひる》んだが、さすがにそこは海賊の首魁、猛然と弾《はじ》きかえすや、手下から別の青竜刀を奪いとった。

「くく、兎め」

ふた振りの青竜刀を、車輪のように振りまわす。

咲は青竜刀を八相《はっそう》に持ちあげ、受けてたつ構えをとった。

一方、慎十郎も藤四郎吉光を抜き、吉兵衛と激しい火花を散らしている。

吉兵衛だけではない。みたこともない得物を手にした海賊どもを相手にしなければならず、じりじりと押しかえされていた。

「埒が明かぬ」

慎十郎は対峙《たいじ》する吉兵衛から逃れ、くるっと踵《きびす》を返す。

何をおもったのか、檣の根元に走った。

阻もうとする手下どもを斬りすて、黒い帆布を振りあおぐ。

「へやっ」

気合い一声、二間（約三・六メートル）近くも跳躍した。

一閃《いっせん》、ぴんと張られた横綱を断つ。

――ぐわん。

檣が大きくかたむき、ばさっと帆布がひるがえった。

巨大な鴉《からす》が羽ばたきを繰りかえすかのように、帆布が船上にある者たちの頭上に覆いかぶさってくる。

「ぬおっ」

おもわず、朋が振りむいた。

すかさず、咲が脇胴を抜く。

「ぐひゃっ」

朋は脾腹《ひばら》を剔《えぐ》られ、血の海に倒れていった。

檣が軋み、ちぎれかけた帆布が強風にはためく。

「ひゃあああ」

手下どもが右往左往するなか、菰の重三郎配下の荒くれどもがつぎつぎに船上へ乗りこんできた。

一気に形勢が変わり、手下どもは後手《ごて》にまわされていく。

刃と刃がぶつかりあい、船上は阿鼻叫喚《あびきょうかん》の坩堝《るつぼ》と化した。

咲は娘たちを背に庇《かば》い、青竜刀で闘っている。

一方、慎十郎はとみれば、吉兵衛と鍔迫《つばぜ》りあいを演じていた。

「若僧め、わしにかなうとおもうなよ」

突きだされた刃を弾き、返しの一撃を見舞っては躱され、いずれも決め手を欠いていた。

そこへ、闇鴉の伊平次がやってきた。

「慎さん、遅くなったぜ」

「おう」

「そいつは元締めの仇《かたき》だ。おれに譲ってもらう」

伊平次は言うが早いか、匕首《あいくち》を抜きはなった。

「闇鴉か、しゃらくせえ」

吉兵衛が白刃を閃《ひらめ》かす。

俊敏さは、伊平次のほうが上手《うわて》だった。

しかも、吉兵衛は慎十郎との闘いで疲れ、動きが鈍い。

「ひぇっ」

ふたつの影が交錯した。

吉兵衛は喉笛《のどぶえ》を裂かれ、紐《ひも》のような血を噴きあげた。

「やったな」

慎十郎がうなずいたところへ、重三郎もやってくる。

「あっ、おとっつぁん」

船の端から、おもとが髪を乱しながら駆けてきた。

「おもとか、おもと」

重三郎は嬉々として叫び、樽《たる》が転がるように駆けだす。

刹那《せつな》、どっと横波が襲いかかってきた。

――ぐおおん。

戎克が呻《うめ》き声をあげ、左右に大きく揺れる。

篝火《かがりび》がひっくり返り、帆布の端に火の粉が飛んだ。

「うわあああ」

巨大な帆布が炎に包まれ、凄《すさ》まじい勢いで天空に飛ばされていく。

まるで、火の鳥が舞いあがっていったかのようだ。

一瞬の奇蹟《きせき》に、誰もが目を疑った。

海賊どもは戦意を失い、膝を屈してしまう。

「慎さん、おめえさんを信じてよかったぜ」

重三郎がおもとの肩を抱き、笑いかけてきた。

海賊どもは縛りあげられ、娘たちは救いだされた。

度胸太助が幇間《ほうかん》よろしく、剽軽《ひょうきん》に踊りだす。

「あっぱれ、あっぱれ、海賊退治じゃ」

踊る太助の肩越しに、青竜刀を提げた咲が立っているのがみえた。

慎十郎は黙って歩を進め、咲のもとへ近づいていった。

咲は涙を必死に怺え、掠《かす》れた声を絞りだす。

「慎十郎さま、来てくれたのですね」

「あたりまえだ」

ふたりは向きあい、しばらくみつめあった。

慎十郎は泣いていない。にっこり笑ってみせた。

「さあ、道場へ帰ろう。お爺《じじ》さまが首を長くして待っておられる」

「はい」

咲はうなずき、眸子を潤ませる。

慎十郎は何かもっと、優しいことばを掛けてやりたかった。

だが、どうにも気恥ずかしくて、できそうにない。

「その戦利品、貰っておこう」

咲の手から青竜刀を奪い、頭上で旋回させてみせる。

「ふふ」

咲が笑った。

「何が可笑《おか》しい」

「だって、妙な薬を売る大道芸人みたいだから」

太助がすかさずやってきて、後ろから囃《はや》したてる。

「よ、ご両人」

「うるせえ」

慎十郎は拳を振りあげ、咲は顔を真っ赤に染めた。

重三郎におもと、仏頂面の伊平次までが笑っている。

気づいてみれば、東涯がほんのりと白みはじめていた。

「もうすぐ、夜が明けるぜ」

重三郎が、感慨深げに言った。

なぜか、慎十郎の気分は晴れない。

真の悪党はまだ、平然とこの世に生きている。

「引導を渡さねばなるまい」

慎十郎は青竜刀を翳《かざ》し、静かにつぶやいた。

十五

卯月が終わっても、卯月がまたやってくる。

天保九年は、暦の調整で閏月《うるうづき》が設けられていた。

それでも、芒種《ぼうしゅ》の曇り空を見上げれば、梅雨の到来が間近であることはわかる。

この月、幕府より三年の倹約令が発布され、江戸の町人たちは金銀飾りの装着を禁じられたうえに、金目のものはすべて金座へ提出するように厳命された。数ヶ月も経てば元の木阿弥《もくあみ》になる触れだが、寺社門前や芝居町などは火が消えたようになっている。

そうしたなか、華美な供揃えで増上寺《ぞうじょうじ》代参へおもむく御殿女中の一行がやってきた。

「西ノ丸御年寄《おとしより》の霧島さまだってさ」

「このご時世に、豪勢なもんだねえ」

「霧島さまだから、許されるんだよ」

嬶《かか》ぁどもの囁《ささや》きが聞こえるなか、南の方角からは御城へ参内する大名の行列が威風堂々とあらわれた。

隅切角《すみきりかく》に三木《さんぎ》の紋所から推せば、三田の聖坂《ひじりざか》に上屋敷のある豊後《ぶんご》森藩一万二千石の行列であろう。

領主の久留島《くるしま》家は、瀬戸内でも名高い伊予《いよ》水軍の末裔《まつえい》だった。

このまま両者が進めば、芝神明町《しんめいちょう》の大路で鉢合わせになる。

かたや大御台所《おおみだいどころ》の代参でやってきた大奥の御年寄、かたや石高こそ少ないとはいえ大名の殿さま、どちらが先を譲るのか、沿道の見物人たちは興味津々の体で眺めていた。

好奇の目を向けるのは、庶民だけではない。

霧島より半刻余り先んじて本丸大奥より参詣《さんけい》に訪れた歌橋も、門前の高みから様子を窺っていた。

鋲《びょう》打ち駕籠《かご》から降りた歌橋の肩には、白い伝書鳩が止まっている。

こちらも充分に注目されるほど奇異な風情ではあったが、見物人たちの目は交叉《こうさ》するふたつの行列に注がれていた。

「先を譲るのは、殿さまのほうだろうな」

おおかたの予想どおり、久留島家の殿さまを乗せた駕籠が歩みを止めた。

「やっぱり、そうか」

見物人たちは、ほっと息を吐く。

代参の御年寄は十万石の大名と同格、一万二千石では勝負にならない。

ところが、霧島を乗せた駕籠もすれちがいざまに止まったので、みなは何が起こるのかと注目した。

地に下ろされた駕籠の扉が開き、煌《きら》びやかな緞子《どんす》を纏《まと》った霧島が降りてくる。

そして、久留島家の駕籠に向かって疳高《かんだか》い声を張りあげた。

「無礼者、降りてひとこと挨拶《あいさつ》せぬか」

往来に緊張が走った。

御殿女中が一国の主《あるじ》を摑《つか》まえ、居丈高に文句を垂れたのだ。

しかし、相手が十万石の格式と考えれば、正当な主張ではあった。

物知り顔の家臣が血相を変えて駕籠脇に走り、何やらもぞもぞ囁いた。

駕籠の扉が開き、久留島家の殿さまがあたふたと降りてくる。

まだ若い。礼儀を損なっても、致し方のない年齢だ。

霧島は赤子をあやすような口調で、辛辣《しんらつ》な台詞を口走る。

「ほほほ、海賊の末裔とは申せ、礼儀作法はきちんとおぼえねばなりませぬぞ」

若い殿様は地べたに平伏し、顔もあげられない。

久留島家の供人たちは、口惜しげに唇を嚙《か》みしめた。

さらにもうひとこと、霧島が何かを発すれば、ひと騒動になりかねない空気だ。

じつは、これには伏線がある。

弥生《やよい》三日、公方《くぼう》から大奥へ雛人形《ひなにんぎょう》が下賜される上巳《じょうし》の折、諸大名は長局《ながつぼね》に贈り物をするのが習わしとなっていたが、一部大名のなかにこれを怠った者があった。久留島家も怠った大名にふくまれていたのを、霧島は根に持っていたのだ。ゆえに、この機に乗じて、満座で恥を掻《か》かせようと企図したらしかった。

供人たちはそれと察し、隠忍自重をきめこんでいる。

天下の往来で大奥御年寄相手に刃傷沙汰《にんじょうざた》を起こせば、一万二千石の小藩など消しとばされてしまいかねない。

霧島にもそれがわかっているので、強気に出ているのだ。

庶民に威勢をしめす好機とも捉《とら》えている節があった。

門前でみつめる歌橋は、憤懣《ふんまん》やるかたない。

「霧島め、図に乗るでないぞ」

ぱっと、白い鳩が飛びたった。

それと同時に、久留島家の最後尾から、大きな人影が陣風となって霧島に迫った。

「狼藉者《ろうぜきもの》じゃ」

護衛の伊賀者《いがもの》がふたり、楯《たて》となって立ちはだかる。

霧島も、胸に仕舞った短刀の柄《つか》に手を添えた。

小太刀の達人ゆえ、刺客の襲撃にも狼狽えない。

返り討ちにしてやるほどの気構えで、人影を睨みつける。

刺客とおぼしき人影の顔は布で隠されているものの、六尺豊かな体軀《たいく》は隠しようもなかった。

「虎か」
霧島は、つぶやいた。
虎は土煙を巻きあげ、猛然と迫ってくる。
久留島家の供人たちは左右に分かれ、誰ひとり阻もうとしない。
平伏した若殿も、ぽかんと口を開けたまま見送った。
伊賀者は身を低くして、抜刀する。
迫りくる虎も、剛刀を抜きはなつ。
「斬りすてい」
霧島が叫んだ。
刹那《せつな》、伊賀者ふたりは血を吐いた。
死んではいない。
峰打ちを食らったのだ。
正面の楯を失っても、霧島は動じない。
短刀を抜き、柄を逆手に持って身構える。
虎はようやく、足を止めた。
息の乱れはない。

覆面をずりさげ、霧島だけに顔を晒《さら》す。

「なにゆえ、面を明かす」

「死にゆく者への手土産よ」

「小癪《こしゃく》な。おぬし、毬谷慎十郎か」

「いかにも」

「なかなか、好い男ではないか」

「ふん、嬉しゅうもないわ」

応じると同時に、愛刀を鞘《さや》に納める。

そして、背中に負った青竜刀を、ずらりと引きぬいた。

「うっ」

さすがの霧島も、たじろいでしまう。

「逝けい」

吼《ほ》えると同時に、慎十郎は踏みこんだ。

——ぶん。

刃風が唸《うな》る。

太刀筋は誰の目にもみえない。

霧島は短刀を逆手に握ったまま、立ちつくしている。

その顔は驚いたように口を開けていたが、すでに胴から離れ、血飛沫《ちしぶき》とともに宙高く弧を描いていた。

「成敗つかまつった」

慎十郎は覆面をかぶりなおし、青竜刀を駕籠の屋根に突きたてた。

くるっと踵《きびす》を返すや、久留島家の行列を風のように裂いていく。

一瞬にして旋風が去った往来には、霧島の首が転がっていた。

静まりかえった沿道から、一斉に悲鳴があがった。

ただひとり、歌橋だけは満足げにつぶやいている。

「あっぱれじゃ、ようやった」

微笑む奥女中の肩には、白い鳩が舞いもどっていた。

十六

数日後。

向島、中野碩翁邸。

閏卯月に発布された倹約令はすこぶる評判の悪いものであったが、向島に隠居御殿を構える碩翁にはまったく関わりのないものであった。

「追えば逃げ、殖やそうと動けば底をつく。それが金じゃ」

人誑《たら》しの名人はまた、打ち出の小槌《こづち》を握った金の亡者でもある。

七十の齢《よわい》を超えても涸《か》れる様子は微塵《みじん》もなく、肌の色さえも艶《つや》めいてみえた。

大御所《おおごしょ》家斉のおぼえめでたき碩翁は、幼少のみぎり、大奥で育てられた部屋子であったともいう。

部屋子のころの名残であろうか。

居間も客間も雛人形で飾られ、手鞠《てまり》や羽子板や歌留多《かるた》といった童女の遊び道具で占められていた。

廊下に平伏す豪商は、顔にこそ出さないが薄気味悪くおもっている。

唐土の後宮《こうきゅう》に仕える宦官《かんがん》なる者たちは、みずから睾丸《こうがん》を切りとって天子に仕えるために、体毛が生えずにつるりとしているとも聞いた。まさに、目のまえで脇息にもたれた小柄な老人は、想像に描く化け物じみた宦官を彷彿《ほうふつ》とさせた。

「なにとぞ、大御所さまにお口添えを」

こうして直《じか》に目見得《めみえ》できるまでには、かなりの月日を要し、莫大《ばくだい》な出費も要した。

それでも、日参するだけの価値はある。倹約令によって景気がいっそう冷えこむなか、商売人が生きのこっていく手だては、お上《かみ》から大きな商売を請けおうことしかない。鶴のひと声を頂戴《ちょうだい》するには、碩翁の口利きがどうしても要る。

「碩翁さま、なにとぞよしなにお頼み申しあげます」

「わかっておる。されど、欲を掻きすぎぬがよいぞ」

「へへえ」

「策謀をめぐらして自滅するのが人というもの。その点、犬はいい。何も考えず、くんくん鼻を鳴らしておれば、飼い主に可愛がってもらえる」

碩翁の膝《ひざ》には、白い子犬が抱かれている。

「それは、狆《ちん》でしょうか」

「さよう。阿漕《あこぎ》な廻船《かいせん》問屋から貰《もろ》うた狆じゃ。なかなかどうして愛《う》いやつでな、いかような贈り物にも代えがたい」

「されば、つぎのおめどおりには狆をば、お持ちいたしましょう」

「余計な気をまわすでない。二匹三匹と増えたところで、興を殺《そ》がれるばかりじゃ。一匹でいいのさ」

「お贈りなされた方はさぞかし、ご運のついたことでありましょう」

「運は尽きた。戎克のうえでな」

「えっ」

「まあよい。辛気臭いはなしはよそう。わしにはな、ふたつの望みがある。教えてほしいか」

「是非とも、お伺いしたいもので」

「されば、教えてつかわす。ひとつ目は永遠《とわ》の命、ふたつ目は二度と目覚めぬ深い眠りじゃ。ふふ、ふたつ目の願いは、もうすぐ叶《かな》えられよう。それまでの短いあいだ、わしは好きなように生きたい」

「へへえ」

　商人は畳に額を擦りつけ、沢蟹《さわがに》のような動きで去っていく。

去ったあとには、黄金餅《こがねもち》の詰めこまれた菓子折が残された。

「どいつもこいつも、お調子者ばかりじゃ。ふん、口利きなどしてやるものか」

　碩翁は眸子を細め、花菖蒲《はなしょうぶ》が咲いた庭をみつめた。

　雨が上がったばかりのせいか、妙に静まりかえっている。

　家人たちの気配もなく、少し不安になった。

「誰かある。誰か」

よく通る声で叫ぶと、廊下の向こうから足音がひとつ近づいてきた。

「ん」

聞き慣れた足音ではない。

鶴のように首を伸ばし、身構えた。

そこへ、六尺豊かな浪人が顔を出す。

「ひぇっ……な、何者じゃ」

「わしの名か。毬谷慎十郎だ」

「毬谷、慎十郎」

「聞きおぼえがないのか」

慎十郎は菓子折を爪先で除《の》け、碩翁の鼻先まで迫った。

「寄るな、寄るでない。わしは播磨守ぞ。それを知っての狼藉《ろうぜき》か」

「知らずに来るか、阿呆《あほう》」

狼狽えた老爺《ろうや》は脇息からずり落ち、床の間の刀掛けまで這《は》っていく。

「やめたほうがいい。抜いたこともないのであろう」

そのとおりだが、碩翁は刀を取り、鞘ごと胸に抱いた。

「重かろう。さあ、寄こせ」

「嫌だ。おぬし、刺客か。誰に頼まれた。老中の水野越前《えちぜん》か、それとも、本丸大奥の姉小路か」

「刺客を恐れるとは、身に覚えがあるということだな。さしずめ、五州屋吉兵衛を使って富春の伽羅を抜け荷していた件はどうだ。老女霧島と共謀して娘たちを拐かした件などは、どうやって申しひらきをする気だ」

「知らぬ。わしは何も知らぬ。五州屋も霧島も、自分たちが勝手にやったことじゃ」

「しらを切るのか。往生際の悪い爺《じじい》だな」

慎十郎は眸子を剝《む》き、睨みつける。

「裏手の蔵に娘たちを軟禁しておったであろう。この目で痕跡《こんせき》を確かめてきたぞ」

「蔵は貸したが、娘たちのことは知らぬ」

「困った爺だ」

慎十郎は膝をつき、息が掛かるところまで身を寄せた。

「待て、わしを殺めるのか」

「そのつもりだ」

長い腕を伸ばし、むぎゅっと睾丸を摑む。

「ひょっ」

「ふん、ちゃんとタマはあるな」

「い、痛っ……は、放せ」

放すどころか、手に力を込める。

「やめろ、やめてくれ」

温かいものが股間を濡《ぬ》らし、畳まで流れてくる。

「漏らしたな」

慎十郎は濡れた手を、碩翁の着物に擦《こす》りつけた。

「毬谷とやら、おぬし、わしのもとで働かぬか」

「御免蒙《こうむ》る」

「待て。わしは大御所家斉さまに謁見し、強意見《こわいけん》できるほどの男ぞ。今将軍の家慶さまは、諸侯のあいだでも評判が芳しくない。御政道の舵取《かじと》りをお聞きしても『そうせい』と仰《おつしや》るばかりでな、平たく申せば腑《ふ》抜《ぬ》けよ。腑抜けには任せられぬゆえ、大御所さまが西ノ丸で御政道を司《つかさど》っておられる。すなわち、わしは天下を動かし得る男なのじゃ。現に諸侯や豪商はこの屋敷へ日参し、金品を山積みにして帰る。そのような男の依頼を断るとは、おぬし、よほどの阿呆か豪傑じゃな」

慎十郎は拳を固め、どすんと畳に叩きつけた。

「小便ちびった爺が、偉そうなことを抜かすな」

「す、すまぬ……さ、されどな、わしを敵にまわせば、後々始末に悪いぞ」

「命を狙われたら、狙い返すまでよ。そうやって、でかい口が叩けぬよう、口を裂いてやってもいい」

梅干しをふくんだような口の両端に指を突っこみ、おもいきり引っぱってやる。

「ひっ、ふがっ」

「口ほどにもない爺だ」

慎十郎は身を離し、立ちあがって高みから見据えた。

「わるさもたいがいにせぬと、また来るぞ。ただし、今日のところは帰ってやる。こんなところで油を売っている暇はないのでな」

廊下からひらりと庭に舞いおり、裏木戸を抜けて外へ出る。

塀の途切れたあたりまで駆けていくと、友之進が待ちかまえていた。

「待て、慎十郎」

「ん、何か用か」

「おぬしのあとを尾《つ》けた。まさか、屋敷の主人《あるじ》を殺めたのではあるまいな」

「殺めたと言ったら、どうする」

「約束がちがう。御前がお命じになられたであろう。碩翁だけは生かしておけと。さもなくば、わが殿の身が危ういと仰せになったはずだ」

「たしかに聞いた。されど、意味がわからぬ。どうして、安董公に迷惑が掛かるのだ」

「碩翁を亡き者にすれば、大御所さまのご不興を買う」

「黙っておればよかろう」

「それができれば、苦労はせぬ。安董公の潔癖なご性分から推せば、黙ってなどおられぬであろうからな」

「お腹を召して詫《わ》びなさると」

「あり得ると、御前は仰った」

慎十郎は片眉《かたまゆ》を吊《つ》りあげ、怒りを必死に抑えこむ。

「なるほど、安董公も苦しいお立場というわけか。されど、全国津々浦々の民百姓たちは、長の飢饉《ききん》に喘《あえ》いでいるのだぞ。千代田の城でぬるま湯に浸《つ》かった連中が無策だからではないのか。少なくとも御政道を預かると申すなら、みずからを律することが肝要であろう。肥え太った膃肭臍《おっとせい》のごとき大御所に御政道を任せておくことこそ、大罪ではないのか。どうおもう、友之進」

「ふん、おぬしはいい。そうやって屁理屈《へりくつ》を並べ、自由気儘《きまま》に生きていける。されど、わしはちがう。御禄《おろく》を食《は》んでいる以上、藩士の役目をまっとうせねばならぬ。それがいかに理不尽な役目であっても、唯々諾々と従うことが生きる道。わしは、そう心得ておる」

「おぬしも、藩を辞めちまえ」

言いはなってやると、友之進は苦い顔をする。

「そんなはなしはいい。碩翁を殺ったのか」

慎十郎は、にやりと笑う。

「案ずるな。生かしておいた」

「よし。されば、こたびの一件は落着した。以後は、いっさい関わるな」

「言われなくとも、そうするよ。こうみえても、忙しい身でな」

「急いでいるようだが、何処へ行く」

「知りたきゃ、本所の男谷道場へ来い」

「男谷道場」

首をかしげる友之進を置きざりにし、慎十郎は飛ぶように駆けはじめた。

十七

双虎相見《あいまみ》える。

亀沢町の男谷道場は、道場だけでは収容できないほどの見物人で埋めつくされた。

翌朝に刷られた読売《よみうり》には、こうある。

――申七つ《さる》（午後四時頃）、亀沢町の男谷道場には数多《あまた》の見物人が集った。検分役は男谷精一郎、最前列には玄武館の千葉周作、練兵館の斎藤弥九郎、士学館の桃井春蔵など、名高い剣豪たちが綺羅星《きらほし》のごとく陣取り、双虎の対決に刮目《かつもく》する。かたや男谷精一郎秘蔵の愛弟子《まなでし》、島田虎之助。かたや十指に余る名だたる道場を席捲《せっけん》した風雲児、毬谷慎十郎。これが江戸の道場剣法を占う一戦になるのは必定《ひつじょう》。ゆえに、見物人は固唾《かたず》を呑《の》んで勝負の行方を見守るばかり。

読売の文言はしかし、道場の熱気を如実に伝えているとは言い難い。

無面無籠手《むこて》で竹刀《しない》を握ったふたりは、全身の毛穴から汗が迸《ほとばし》りでるほどの熱気に包まれている。

見物人のなかには、申しあいを承認した咲や一徹の顔もあり、すっかり元気になったおるいと兄の笑吉、菰の重三郎と愛娘のおもと、闇鴉の伊平次をはじめとする重三郎の手下たち、さらには、験担ぎで盤台に大振りの鰹《かつお》を載せて参じた棒手振《ぼてふ》りの度胸太助、そしてまた、顔に白粉《おしろい》を塗ったぶんぶく亭の喜久助までもが馳《は》せ参じていた。

道場正面の壁には「常在戦場」とある。「剣術とは敵を殺伐することなり」と説いた忠孝真貫流《ちゅうこうしんかん》の教えを踏襲したものだ。

直心影流の修練は、いかなる流派にも増して過酷なことで知られる。

打ちあい稽古《げいこ》のまえに、まず、枇杷《びわ》でつくった三貫目（約十一・三キログラム）の振り棒を一千回も振らねばならない。師匠の男谷精一郎からして、薄明に起きて水風呂《みずぶろ》を浴び、荒縄で全身を摩擦したあと、花崗岩《かこうがん》でつくった重い石を何度も上げ下ろしするという。

門弟たちは面打ちに備え、堅固な柱に頭をぶつける「頭捨て」の稽古をやり、打太刀は一尺三寸の短竹刀をもって、二尺も長い竹刀を握った仕太刀の懐中に飛びこむ稽古を繰りかえす。

男谷道場では申しこまれた闘いは拒んではならず、師匠みずから他流試合にのぞむこともしばしばであった。

双虎の闘いは、そうした方針に沿って催されている。

「うしゃ……っ」

気合いを発する島田虎之助は齢二十五、慎十郎より五つ年上だが、その異相とも言うべき風貌《ふうぼう》から十は上にみえる。

幼い時分より豊前中津藩の剣術師範が営む一刀流の道場に通い、十五で藩内屈指の遣い手と評され、一年にわたる廻国修行を積んで、九州一の剣士となった。

地元で磐石の名声を得たのち、江戸をめざして故郷を飛びだしたのは、七年前のはなしだという。途中、下関《しものせき》で造り酒屋に寄食するうちに酒屋の娘と懇ろになり、所帯をもって女子に恵まれた。さらに、高名な儒者から漢学を学ぶなどして道草を食いながら、ようやく江戸へ出てきて、男谷道場の門を敲《たた》いた。

島田は実践であらゆる流派を学び、すべての技を自分流に練りなおしたうえで会得していた。それが、向かうところ敵無しと評される所以《ゆえん》であるともいう。

だが、そうした経緯や風評を知ったところで、何ひとつ心は動かされない。

対峙《たいじ》する男のたどってきた道筋など、正直、慎十郎にはどうでもよかった。

おのれのたどってきた道筋も、どうだっていい。

武芸者の本能は、人よりも虎に近い。

腹が減ったら獲物を狩る。

強い者をみつけたら闘う。

ただ、それだけのことだ。

慎十郎は、抜き身の心で向きあっている。

島田虎之助とて、それは同じ、食うか食われるかの間境《まざかい》で踏んばっているのだ。

「ふいっ。ふいっ」

島田は爪先で躙《にじ》りより、威嚇するように声を発した。

直心影流独特の下段青眼から、竹刀をゆっくり右八相《はっそう》に持ちあげていく。

返し技のみでなりたつ雖井蛙流を究めた慎十郎は、直心影流のあらゆる奥義に精通していた。一刀両断兜割《かぶとわ》りの村雲《むらくも》、剣先を動かして追いつめる八重垣《やえがき》、つねに先手を取る八相発破《はっぱ》、居合の早舟《はやふね》といった多彩な奥義のすべてを知りつくし、返し技を修練してもいる。

だが、島田と対峙した途端、すべての雑念は雲散霧消した。

もはや、技同士の闘いではない。

技倆《ぎりょう》を超えた精神と精神のぶつかりあいなのだ。

竹刀を合わせるまえから、慎十郎の耳には歓声が聞こえている。

勝ち負けなど、どうでもよくなった。

強い相手と向きあい、竹刀を交えることこそが、この上なく嬉しいのである。

竹刀を握って身構えた瞬間から、武者震いを禁じ得ない。

こうした名状しがたい昂揚《こうよう》を味わいたいがために、もしかしたら、おれは生きているのかもしれない。

島田よ、おぬしはどうだ。

「うりゃ……っ」

心の問いかけに応じるかのように、虎の咆吼が響きわたる。

午後の陽光を背にして身構える雄々しき人影は、鏡に映ったおのれの姿だ。

ならば、参るぞ。

「きえい……っ」

慎十郎は腹の底から気合いを発し、道場の床板を踏みつけた。


（了）

解説

平井真実

誰しも成長の途中で父の背中を広く大きく感じ、そして自分がその年に近づいた時、老いさらばえてしまった父の、かつての巌《いわお》のごとき雄姿を思うことがあるでしょう。「あっぱれ毬谷慎十郎」シリーズの主人公、慎十郎もまたその一人です。かつての父のような強い相手を求め、故郷龍野を飛び出し江戸で道場破りを始めますが、人を斬ったことがない上に（一巻で初めて人を斬りますが、二巻にて『一抹の悔いがある』と慎十郎が語ってます）、熱く真っ直《ま す》ぐで泣き上戸な慎十郎に、新しいヒーローともいうべき姿をみることができます。この人間味あふれる姿勢に、一気に引き込まれてしまった方も多いのではないでしょうか。そこに咲や静乃との淡い恋愛模様（まだまだ発展しなそうですが）も加わり、男性だけではなく、ぜひとも女性にも読んでほしい作品です。

一巻のあとがきで、このシリーズへの愛着が強く、もう少し肩の力を抜いたほうがよいと、自分でもおもう、と坂岡さんが書かれていましたが、さて、坂岡真さんとはどのような方なのか、気になる方もいらっしゃるのではないでしょうか。

作品解説とは少し違う、坂岡真さん解説を少しさせていただきます。

最近では、新刊を出された作家さんが、出版社の編集の方や営業の方と書店にいらして、サイン本を作成してくださったり、作品の裏話等を聞かせてくださる機会がとても増えています。本を紹介する雑誌やテレビなどで、作家さんのお姿やお人柄を知る機会もだいぶ増えましたが、時代歴史小説作家さんが出ることはなかなか少ないため、どんな方が書かれているのか、なんてお思いの方も多いかと思います。

私がお会いした時代歴史小説作家さんは、ほとんど黒や紺のスーツでバシッと（貫禄《かんろく》ばりばりで）決められ、中には素敵なお着物でいらっしゃる方もおられます。私も勝手に、時代歴史小説作家さんはいつも着物を着ていらっしゃるイメージを持っていたのですが、坂岡さんに初めてお会いした時に、そのイメージが一気に変わりました。

坂岡さんと初めてお会いしたのは「鬼役」シリーズの初期のころ。書店員の担当分野は細かく分かれているため、文芸書を担当している私が、文庫本を中心に出されている作家さんにお会いする機会はほとんどないのですが、幸いなことに来店のお話をいただき、お目にかかることができました。その後も新刊が出るたびに来てくださり、毎回楽しいお話をうかがっております。

密《ひそ》かに坂岡さんとお会いするのを楽しみにしている理由の一つが（もちろん作品の素

晴らしさが一番ですよ）、そのおしゃれな装いで、まるでちょっと南青山、代官山、いや、横浜、神戸をお散歩してきました（私の勝手なおしゃれタウンのイメージです）というくらい、毎回素敵なんです。

先日お会いした際には、かっこよくダメージジーンズを穿《は》きこなしていらっしゃいました。髭《ひげ》を綺麗《きれい》に揃《そろ》えられ、おしゃれな眼鏡姿で、小顔で、イケメンな坂岡さんがなんとも素敵すぎて、思わずお会いしてすぐに、そのジーンズ、めっちゃかっこいいじゃないですか！といきなり言ってしまったくらいでした。もちろんそのあとにお会いした他の出版社の営業さんほぼ皆さんに、坂岡さんがどれだけかっこいいかを思いっきり力説したのは言うまでもありません。（もちろん作品の話もしましたよ。）このように坂岡さんにお会いする際は勝手にファッションチェックもさせていただいております。

さらに「鬼役」を隅々まで読んでいらっしゃる方なら知っていらっしゃると思いますが、とても絵が上手で、巻末の鬼役メモの絵も坂岡さんが描かれています。先日初めてネタノートを見せていただいたのですが、そこには、たくさんの小説のネタと共に、かわいらしい蔵人介の絵が。毒見をしていたり、釣りをしていたり、お酒を飲んでいたり、パターンもたくさんあり、色もご自分でつけられるほどの本格派です。本シリーズ作品をご覧になった方はもうご存知だと思いますが、巻頭についている瓦版で、一巻では虎と化した慎十郎を、二巻では狐に見たてた老女霧島を、それぞれ描いた坂岡さんの素晴らしい絵と、とんでもなく達筆でもある坂岡さんの書を見ることができます。まるで本物の江戸時代の瓦版のようで、必見です。（個人的には一徹の絵も拝見したいです。）この瓦版、作品の中の登場人物たちが生き生きとダイナミックに描かれ、「あっぱれ毬谷慎十郎」シリーズの世界をさらに豊かにしてくれています。これからの巻にも入るということですので、作品同様こちらもすごく楽しみです。

ほんの少しですが、坂岡さんの魅力的な一面が皆様に伝われば幸いです。

さて長くなりましたが、ファッションチェックだけではなく、作品の紹介をさせていただきたいと思います。

主人公毬谷慎十郎は一巻にて、日本一の剣士になるため、故郷播州龍野から江戸に出てきて道場破りを次々と行っていくわけですが、三大道場の一つ練兵館にて、女剣士の咲に鼻の骨とともに矜持《きょうじ》をも砕かれます。その後なんとその咲が住んでいる丹波道場に押しかけ、入門を懇願し、咲、そして咲の祖父であり『花散らし』の奥義を持つ剣客丹波一徹と寝食を共にしながら（途中一徹に完膚なきまでに叩《たた》きのめされ、道場を飛び出しましたが）、本当の強さとは何かを求めていきます。

今回二巻にて慎十郎が対決する相手は、家斉の正室である茂姫付きの御年寄であり、御用掛としても権威をほしいままにしているという老女霧島。

　実は無類の芝居好きでもある咲は成田屋の千穐楽《せんしゅうらく》を観《み》に芝居町までやってきますが、そこで老女霧島に出会います。ひょんなことから二ノ丸大奥で余興に演武を披露するように霧島に言われた咲。一方本所の男谷道場の門人、島田虎之助と咲の申し合いの前座を務めることになった慎十郎は、大奥からの使者により、咲の大奥参内を知ります。参内当日、大奥にて深い闇をみてしまった咲はその後命を狙われるようになり……。大奥での多聞たちの神隠しと霧島の周りの深い闇、そして咲の運命はいかに！

　今作も江戸での様々な出来事や、立場の違うものたちの思惑が、物語の本筋にみるみる複雑に絡まり、どんな結末を迎えるのか最後までページをめくる手が止まらないこと間違いなしです。

　咲を命に代えても守ってみせるといった慎十郎の、たとい胸が潰れようと、足が折れようと駆けつづける姿に深く心を打たれます。前作よりもさらに男気が増した（でもやっぱりちょっと抜けてるとこもあるのがたまらない）慎十郎の今後の活躍に、これからも目が離せません。


（ひらい・まみ／八重洲ブックセンター・本店）

時代小説文庫
さ 20-2

命《いのち》に代《か》えても　あっぱれ毬谷《まりや》慎十郎《しんじゅうろう》㊁

著者　坂岡《さかおか》真《しん》

2016年2月18日第一刷発行
2016年5月18日第五刷発行

発行者　角川春樹

発行所　株式会社 角川春樹事務所
〒102-0074 東京都千代田区九段南2-1-30 イタリア文化会館

電話　03(3263)5247［編集］　03(3263)5881［営業］

印刷・製本　中央精版印刷株式会社

フォーマット・デザイン＆シンボルマーク　芦澤泰偉

ISBN978-4-7584-3979-4 C0193　©2016 Shin Sakaoka　Printed in Japan
http://www.kadokawaharuki.co.jp/［営業］
fanmail@kadokawaharuki.co.jp［編集］　ご意見・ご感想をお寄せください。